Dori Mellina

Frag mich nach Sonnenschein

Roman

-Libro primo-
(Erstes Buch)

Für meinen kleinen Sonnenschein.

Inhaltsverzeichnis

Vorbemerkung

Kein Volk wird mehr belächelt und gleichzeitig beneidet als das italienische.

Obwohl ich das Buch selbstverständlich auf Deutsch geschrieben habe, kam ich nicht umhin, zwischendurch die original italienischen Worte und die korrekten Mehrzahlformen zu verwenden (würde ich „Pizzen“ oder „Cappuccinos“ schreiben, würde man mir wahrscheinlich binnen 24 Stunden die italienische Staatsangehörigkeit entziehen und an der hänge ich nun mal). Die Dialoge mit meiner Familie, mit meinen italienischen Freundinnen und mit meiner Tochter müssen Sie sich einfach auf Italienisch vorstellen. Für die weniger bekannten Worte finden Sie die Übersetzung in der Fußzeile. Scusatemi[1]. Ach ja, sollte sich jemand in den beschriebenen Personen wiedererkennen, kann es sich nur um ein bedauerliches Missverständnis handeln!

---

[1] entschuldigt mich bitte. Das „bitte“ fehlt absichtlich (im Italienischen ist es nicht weiter schlimm, wenn man nicht nach jeder Aufforderung „bitte“ hinzufügt). Das müssen Sie sich im Deutschen einfach dazu denken, bitte.

Capitolo uno – L'agenzia (Die Agentur)

„Nonna!“, schrie ich ins Telefon.
„Schrei doch nicht, macht man das so in Deutschland?“, schrie meine Oma jenseits der Alpen zurück.
Nee, dachte ich, so macht man es in Italien. Komisch, jedes Mal, wenn ich zum Telefon greife und die magischen vier Vorwahl-Ziffern 0039 für Italien eintippe, stellt sich meine Stimme automatisch um einige Dezibel lauter. Es ist fast so, als würde mich das Telefon binnen einer Sekunde von München an den Gardasee beamen.
„Nonna, ich habe jetzt eine eigene Agentur!“, prahlte ich in den Hörer.
„Deine Mutter hat vorhin angerufen“, antwortete meine Oma, wie immer meinen Gesprächsbeitrag ignorierend.
„Aus Venedig. Sie sagt, es geht ihr gut, sie ist glücklich und genießt das Leben“, sagte meine Oma und sprach dabei die Worte geringschätzig aus.
„Als wenn es im Leben darum ginge…“, fügte sie zynisch hinzu.
„ Nonna, es geht aber darum!“, warf ich vorsichtig ein.

„Pah!“, war nonnas Kommentar.“Glaubst Du, ich war mit Deinem nonno etwa glücklich?“
„Äh, nein, nonna, das glaube ich nicht“, gab ich zu. Keiner von uns glaubt das, schließlich hat sie uns häufig genug erklärt, dass das nicht der Fall war. Meine Oma hat uns Enkeltöchtern all die Jahre gepredigt, uns bloß nicht von der äußeren Erscheinung eines Mannes blenden zu lassen. Das war nämlich damals ihr Fehler gewesen. Als sie meinen Opa kennengelernt hatte, war sie angeblich auf der Stelle von seinen schwarzen pomadierten Haaren (was auch immer das heißt) und *l' occhio furbetto*[2] hin und weg gewesen. Seinetwegen hatte sie (immer noch nach ihren eigenen, nie von Dritten bestätigten, Erzählungen) einen älteren, hochdotierten Landadeligen mit besten Verbindungen zum Königshaus in die Wüste geschickt. Genau das bereut sie heute, sechzig Jahre später, immer noch bitter. Aus Loyalität zu unserem Opa und auch ein bisschen aus egoistischen Gründen, versuchen wir stets, sie zu überzeugen, dass sie doch die bessere Wahl getroffen hatte. Schließlich hat sie jetzt so wunderbare Enkelkinder. Und die Verbindungen zum Königshaus hätten ihr sowieso nichts gebracht: war der König doch mitten im Krieg geflüchtet und hatte die Italiener ihrem

---

[2] l' occhio furbetto: das verschmitzte Auge

Schicksal überlassen. Das Argument mit dem König muss meine Oma am Ende immer gelten lassen. Das mit den Enkelkindern überhört sie hingegen geflissentlich, da sie mit unserer Lebensführung alles andere als zufrieden ist. Aber später mehr dazu.

„Äh, nonna, ich muss jetzt Schluss machen, ich muss arbeiten gehen. *Ciao, bacioni*[3]“, sagte ich und legte schnell auf, bevor wir womöglich wieder auf die Geschichte mit dem König oder zu Enttäuschungsbekundungen kamen.

Mein Buhlen nach Anerkennung hatte sowieso keine Früchte getragen und im Moment stand mir nicht der Sinn nach Oma-Beschwichtigungsmaßnahmen und kalten Duschen fürs Ego. Ich hatte heute Großes vor: Ich musste zu meinem ersten Kunden und brauchte dafür so viel Selbstbewusstsein, wie ich nur zusammenkratzen konnte.

Vor ein paar Wochen, einer spontanen Geschäftsidee folgend, hatte ich „Frag mich nach Sonnenschein“ gegründet, die erste Agentur Deutschlands für italienische Klischees. Als Italienerin, die seit vielen Jahren in Deutschland lebt, kenne ich mich nämlich mit solchen Klischees unschlagbar gut aus.

---

[3] Ciao, bacioni: Tschüß, große Küsse (Aufgemerkt: Italiener geben sich mit kleinen Küssen nicht zufrieden!).

Die Idee zu der Agentur war mir – wie es bei so vielen guten Ideen der Fall ist – unter dem Einfluss von Alkohol gekommen.
Es ist allgemein bekannt, dass die meisten genialen Ideen oder Entdeckungen der Weltgeschichte in einem Augenblick der Ablenkung, des Frohsinns oder durch reinen Zufall entstanden sind. Man denke zum Beispiel an Penicillin, die Mikrowelle, Röntgen-Strahlen oder Kartoffelchips.
Zwar war ich nicht gerade auf der Suche nach einem neuen lebensrettenden Antibiotikum, aber einen Ausweg aus meiner beruflichen Misere zu finden, war eine ähnlich große Herausforderung.
Den Geistesblitz hatte ich, während ich verzweifelt versuchte, mit Alkohol Filzstift-Spuren von meinem Esstisch zu entfernen.
In Italien hat man für Alkohol, den man in rosaroten 1-Liter-Kanistern im Supermarkt zu einem Spottpreis ersteht, eine breite Verwendung: Man putzt damit Fenster, desinfiziert aufgeschürfte Knie oder entfernt Klebereste von Etiketten.
All denjenigen von Ihnen, die das Thema Alkohol eher mit Wein, Prosecco oder hochprozentigen Cocktails in Verbindung gebracht haben, sei gesagt: Alkohol ist keine Lösung, zumindest nicht immer.
Nicht nur, dass er gegen Filzstift-Spuren komplett wirkungslos ist, er hilft auch bei akutem

Kreativitätsmangel und sonstigen psychischen Krisen nicht – zumindest nicht nachhaltig.
Während man sich in der geistigen Umnebelung eines feuchtfröhlichen Abends unter Freunden befindet, fühlt man sich zwar wie ein wundervoller Mensch, die Probleme sind halb so wild und die Lösungen quasi in Reichweite. Außerdem findet man unter Alkoholeinfluss auf einmal Leute ganz nett, die man bis dato wie den Teufel gemieden hat und man entwickelt Ideen, die einem in dem Moment geradezu weltrettend vorkommen. Am nächsten Tag jedoch, von Kopfschmerzen und Übelkeit geplagt und über das schmutzige Waschbecken gebeugt, schaut man der ganzen nackten Realität wieder ins bleiche und müde Gesicht.
Meine Freundin Ilaria hatte am Tag meiner glorreichen Eingebung sicherlich mit einer Menge Realität zu kämpfen.
Ila, wie sie sich selbst nennt, wenn sie gut drauf ist, denn sie hat einen Abkürzungsfimmel für Namen, hatte am vorigen Abend versucht, uns Mädels die verschiedenen Stellungen aufzumalen, die ihr neuer Freund beim Liebesspiel von ihr verlangte. Diese Stellungen waren vom Kamasutra inspiriert und hatten abenteuerliche Namen wie Rossantilope, Schmetterling oder Wackelpeter. Um die Hand lockerer zu machen und die Hemmschwelle

abzusenken, wie sie selber sagte, hatte sie Unmengen Aperol-Spritz in sich hinein geschüttet, bevor sie mit ihren malerischen Ausführungen begann. Am Ende des Abends waren wir anderen drei zwar genau so schlau wie vorher, aber mein Esstisch hatte durch das durchgeweichte Blatt hübsche Verzierungen bekommen.
Nicht, dass uns diese akrobatischen Liebesübungen besonders interessiert hätten. Simona, Michela und ich sind ein Stück älter als Ila und können von Glück sprechen, wenn wir zwischen Hausarbeit, Job und Kindergeschrei überhaupt noch ein paar Mal im Jahr zur Missionarsstellung kommen.
Es tut aber gut, Ila und ihre verrückten Geschichten um sich zu haben. Es lenkt ab, es muntert auf und gibt uns das Gefühl, wieder jung und unbeschwert zu sein.
Als ich am Tag nach der netten Mädels-Runde meine Tochter vom Kindergarten abholte, war ich reichlich genervt. An meiner Windschutzscheibe hatte ich, wie häufig in letzter Zeit, eine vom Kindsvater liebevoll bemalte Pappscheibe vorgefunden, dieses Mal mit der Aufschrift „REIFEN WECHSELN!!!“. Immer muss mich Martin, mit dem ich zwar ein Kind bekommen habe, jedoch nie vor dem Altar getreten bin, mit seiner besserwisserischen Art bevormunden. Über die drei Ausrufezeichen hatte ich mich am meisten

geärgert, denn die bedeuteten in etwa: "Du bist Frau und Italienerin: Du hast es nicht im Griff. Ich bin Mann und Deutscher: Ich sage Dir, wie man es macht". Sicherlich half mir die momentane europäische Wirtschaftssituation bei diesen kulturellen Differenzen nicht im Geringsten, hatten die Deutschen doch reichlich bewiesen, dass sie es zweifellos besser im Griff hatten als die Italiener.
„Mamma?", fragte mich Sara im Auto.
„Ja?"
„Stimmt es, dass ich zu viele Spaghetti esse?"
„Wer sagt das?", fragte ich alarmiert.
„Mark. Er hat mir heute gesagt, alle Italiener essen immer zu viele Spaghetti".
Marks Vater, einem Proleten der allerfeinsten Sorte, traue ich ohne weiteres zu, dass er seinem Sohn regelmäßig solch erhabenes Wissen vermittelt. Sein kahlrasierter und tätowierter Kopf könnte sicherlich jeden Moment platzen, so voll wie er ist mit Vorurteilen, Gemeinplätzen, billigen Klischees und Plattitüden jeder Sorte. Jedes Mal, wenn er mich im Kindergarten erwischt, spricht er mich laut und überdeutlich an, so als würde er mit einer Schwachsinnigen reden. Dabei bin ich der deutschen Sprache sicherlich mächtiger als er. Nicht, dass es eine große Leistung wäre.

„Meinst Du den dicken Mark, der immer zu viel von allem isst?", fragte ich Sara und ich verletzte dabei wahrscheinlich alle Regeln der pädagogisch wertvollen Erziehung.
Sara kicherte. Immerhin, das war es mir wert gewesen.
„Mamma?", fragte sie wieder nach einer Weile.
„Hm?", antwortete ich ein wenig abwesend.
„Stimmt es, dass im Englischen Garten Dinosaurier gibt?".
„Nein, Puppe, da gibt es keine Dinosaurier".
„Aber Benny hat gesagt, ein Dinosaurier hat seinem Papa den Finger abgebissen und dann mussten sie den Dinosaurier töten und den Bauch aufschneiden, um den Finger wieder herauszuholen und dann haben sie Bennys Papa den Finger wieder angeklebt, aber nicht mit dem Klebestift, der hält ja nicht! Mit DER KLEBEPISTOLE. In Echt, mamma!", ereiferte sich meine Kleine.
Ich musste lachen, diese Kinder haben einfach verdammt viel Fantasie!
„Sara, ich schwöre, im Englischen Garten gibt es keine Dinosaurier. Glaub mir, ich muss es wissen, ich habe es schließlich studiert!", versuchte ich sie mit akademischer Argumentation zu überzeugen (die Tatsache, dass Dinosaurier überhaupt nicht mehr existieren, hat sie nie akzeptiert). Scheinbar hatte

mein Beschwichtigungsversuch funktioniert, denn Sara verfiel in grüblerisches Schweigen. Ich musste dringend mit Bennys Mama reden. Letztens hatte Benny im Kindergarten erzählt, dass an manchen Tagen Tausende von Fröschen aus dem Himmel fallen würden. Seitdem wollte Sara nur mit Regenschirm aus dem Haus, selbst bei strahlendem Sonnenschein.

Zu Hause angekommen, machte ich mich daran, leere Flaschen und Gläser aus dem Wohnzimmer zu entfernen. Nach dem Mädel-Abend war ich zu erschöpft und angetrunken dafür gewesen und morgens, vor Arbeit, Kindergarten und Pappschilder von Windschutzscheiben entfernen, herrscht bei uns zu Hause Ausnahmezustand.

„Mamma, was ist das?“, fragte Sara, die sich an den Tisch gesetzt hatte.

„Was denn?“, antwortete ich ohne aufzuschauen.

„Das hier, guck mal! Sieht lustig aus. Sieht ein bisschen aus wie eine Eistüte mit zwei Kugeln, aber falsch rum!“.

Böses ahnend eilte ich zum Tisch und starrte. Die Abbildung eines männlichen Glieds immenser Dimensionen, wahrscheinlich Überbleibsel irgendeiner Schildkröten- oder Altes Ross-Stellung, starrte einäugig zurück.

„Mamma, darf ich so ein Eis haben?“

„NEIN! Ich meine, später, jetzt muss ich mal den Tisch putzen“.
Während meiner rabiaten Säuberungsversuche dachte ich an den gestrigen Abend, an meine italienischen Freundinnen und an die Menge Klischees, mit der wir jeden Tag konfrontiert wurden. Darüber hatten wir gestern auch geredet. Natürlich entsprechen einige dieser Klischees über Italien der Realität, das geben wir widerspruchslos zu, aber vieles ist einfach übertrieben, an den Haaren herbeigezogen oder stammt aus längst vergangenen Zeiten. Bei all den Vorurteilen, und auch das müssen wir zugeben, begegnen die Deutschen uns Italienern selten feindselig. Nach vielen Jahren in diesem Land weiß ich, dass die meisten Deutschen bei der bloßen Erwähnung meines Heimatlandes feuchte Augen und ein sehnsuchtsvolles Lächeln bekommen. Und genau in dieser Sehnsucht – so wurde mir in dem Moment klar – lag ein großes wirtschaftliches Potenzial. Warum nicht aus den zahlreichen Klischees über Italien Kapital schlagen, anstatt sich immer wieder über sie zu ärgern?
Also: Die Deutschen wollen Italien? Schön, von mir aus sollen sie es bekommen, wenn nötig tausendfach! Eine Gruppe laut schnatternder, dunkelhaariger und blendend aussehender Italienerinnen für eine Party? Kein Problem, das kann

ich organisieren! Eine echte italienische Mamma für Kochkurse auf Italienisch? Hätte ich ebenfalls im Angebot! Eine Hochzeit mit italienischem Flair aufpeppen? Nichts leichter als das!
Und so war die Idee für meine neue berufliche Zukunft entstanden und die hatte ich wahrscheinlich dem Alkoholdunst aus meinem Kanister zu verdanken: Die erste Agentur Deutschlands für italienische Klischees war geboren.
Und das Beste: Meine Freundinnen Ilaria, Simona und Michela waren mit von der Partie, alle im Klischee-Fieber!
Da wir alle seit geraumer Zeit in Deutschland lebten, hatten wir gelernt, mit Bedacht und mit möglichst großem Sicherheitspuffer vorzugehen. Unsere üblichen beruflichen Tätigkeiten wollten wir vorerst nicht aufgeben, sondern nur etwas einschränken, um erst einmal zu sehen, ob die Idee wirklich funktionierte. Im Fall von Ilaria war es überhaupt kein Problem, denn sie hatte sowieso nur Gelegenheitsjobs und lebte sonst nur in den Tag hinein. Ihre große deutsche Liebe, für die sie aus Genova nach München gezogen war, hatte Ilaria für eine südamerikanische Schönheit verlassen, denn, so behauptete damals Tobias, Südamerikanerinnen wären deutlich rassiger als gewöhnliche Italienerinnen, ganz so als würde der Depp über

Hunde sprechen. Ilaria, die im Grunde eine Kämpfernatur war, hatte beschlossen, in Deutschland zu bleiben und erst einmal einen Zumba-Kurs zu belegen, um den Geheimnissen der Latinos auf die Spur zu kommen. Und das war unser Glück, denn in jenem Kurs hatte ich Ilaria vor zwei Jahren kennengelernt.
Bei Simona war die Situation schon komplizierter, denn sie hatte eine Arbeit, bei der Frau nicht mal eben kürzer treten kann: sie war Mutter von drei kleinen Kindern. Und weil Kinder bekanntlich mit dem Ausstellen von Urlaubs- oder Krankheitsscheinen eher geizig umgehen und Vertretungen in diesem Berufszweig spärlich besiedelt sind, rechneten wir in absehbarer Zeit seitens Simona mit wenig Unterstützung. Trotzdem war sie aufgrund ihrer grandiosen kulinarischen Künste ein geschätztes Mitglied unserer Agentur und ein wahre Freundin, auf die wir nicht verzichten wollten.
Der sachliche Ruhepol unserer frischgeborenen Agentur war Michela, die ich kennenlernte, als sie den deutsch-italienischen Stammtisch in München leitete. Mit ihrem Organisationstalent war sie für diese Aufgabe, die sie neben ihrer Tätigkeit als Italienisch-Lehrerin ausübte, wie geschaffen. Sie erzählte mir damals, dass sie die Deutschen wegen

ihrer Disziplin und Willensstärke bewunderte. Selbst ist sie in Mailand aufgewachsen, wohin sie als Kleinkind mit ihrer süditalienischen Familie und deren zahlreichen, entfernteren Verwandten gezogen war. Durch das, was sie hin und wieder über ihre Familie erzählte, ahnte ich, dass es bei ihr zu Hause recht chaotisch zuging. Michela hatte sich also als Gegenreaktion den geordneten Verhältnissen in Deutschland verschrieben. Wie der Zufall es so wollte, verliebte sie sich in München jedoch ausgerechnet in einen Süditaliener, den sie nach kurzer Zeit auch heiratete. Die Entwurzelung hatte also nicht komplett stattgefunden und der Kreis hatte sich doch noch geschlossen.
Ich war heilfroh, dass wir Michela in der Agentur dabei hatten, denn ihre logisch-strukturierte Herangehensweise war ein guter Ausgleich zum eher kreativen Ansatz von uns drei anderen.
Und zu guter Letzt konnten wir zwischendurch mit einer Testperson direkt aus der Zielgruppe rechnen, einer exzellenten Beraterin im Bezug auf italienische Klischees: Meine Freundin Katrin.
Ich kannte Katrin seit meinem Auslandsstudium in einer kleinen norddeutschen Studentenstadt. Unsere Freundschaft hatte zwar etwas holprig angefangen, aber sie hatte sich im Laufe der Zeit prächtig entwickelt. Mittlerweile waren wir schon viele Jahre

befreundet, wir wohnten beide in München und sogar im gleichen Haus. Nach Beendigung meines Studiums in Mailand hatte ich mich überall beworben und ausgerechnet in München, wo inzwischen auch Katrin wohnte, einen Job bekommen. Wir hatten uns sehr darüber gefreut, dass wir wieder vereint waren, denn die Studienzeit hatte uns zusammengeschweißt.
Jedenfalls war Katrin von ‚Frag mich nach Sonnenschein' so begeistert, dass sie uns ihren leeren Keller als provisorisches Büro zur Verfügung gestellt hatte. Katrins Keller war eher eine Art Souterrain-Raum, den man über eine schmale Treppe auch von außen erreichen konnte. Er war zwar klein und ein bisschen dunkel, aber für den Anfang war er perfekt. Und für Sonnenschein wollten wir ja selber sorgen.

*

In der Münchner Italiener-Community hatte die Mund-zu-Mund Propaganda in den letzten Wochen für Werbung gesorgt und somit hatten wir für unsere Agentur gleich einen Interessenten gefunden.
Heute, nach dem kurzen Telefonat mit meiner Oma über spaßbefreites Leben, waren Michela und ich auf dem Weg zu unserem ersten Auftrag.
Die Empfehlung war von Franco gekommen, einem Freund von uns. Wörtlich hatte uns Franco gesagt:

„Geht zu Gino und schaut, was ihr da machen könnt. Der kann eine Menge Hilfe brauchen“. Diese Worte hätten uns stutzig machen müssen.
Gino wartete in seinem Lokal bereits auf uns. Er sah ziemlich genau so aus wie Luciano Pavarotti und er schwitzte auch so.
„Ah, *brave, brave*[4], dass ihr gekommen seid“, kam er uns mit ausgestreckten Armen entgegen.
„*Guardate, guardate*[5]“, fuhr er fort und zeigte stolz auf das Interieur seines Ladens.
Michela und ich folgten seiner Aufforderung und schauten uns zögernd im menschenleeren Lokal um. Der Raum in dem wir standen war schmal und lang. Alle Möbel waren aus dunklem, massivem Holz und sahen so wuchtig aus, dass sie einem fast die Luft zum Atmen nahmen. Eine vergilbte Gardine und altersschwache Pflanzen am Fenster erinnerten an längst vergangene Zeiten.

---

[4] Brave: Bravo! (allerdings in die weibliche Mehrzahlform konjugiert. Hier könnte man hinzufügen, dass „Bravi“-Rufe am Ende eines Konzerts grundsätzlich korrekter als „Bravo“-Rufe wären, es sei denn natürlich, man meint mit den Jubelrufen eine einzelne Person)

[5] Guardate, guardate: Schaut, schaut! (Wiederholungen eines Wortes werden im Italienischen problemlos akzeptiert und werden nicht mit Spott und Nachäffen quittiert)

An den Wänden klebten Poster von vergessenen italienischen Fußballstars neben Autogrammkarten von Schauspielern, die bereits das Zeitliche gesegnet hatten.
Eine große Banderole mit der Aufschrift „Campioni del mondo ´82“ (Fußball-Weltmeister 1982) hing von der Decke herunter (wusste Gino überhaupt, dass Italien in der Zwischenzeit wieder Weltmeister geworden war?).
Pokale, Medaillen und sonstiger Plunder, der sich im Laufe der Jahre angesammelt hatte, reihten sich auf Regalbrettern. Ja, das kannte ich aus meiner Kindheit. Jede Bar in Italien, die etwas auf sich hält, stellt Trophäen unterschiedlicher Größen und Farben zur Schau. Meistens handelt es sich um Errungenschaften des Stammgast-Vereins bei Boccia-Turnieren oder Kartenspielen, für die sich jedoch keiner mehr interessiert und die irgendwann nur als Staubfänger dienen.
Gino hatte im Laufe seines Lebens offensichtlich auch viele Boccia-Turniere gewonnen, worauf er stolz war.
Alles in allem war Ginos Lokal eine heruntergekommene Horrorgrube gefüllt mit altem Krimskrams. Kein Wunder, dass hier keiner seinen Cappuccino trinken wollte!

Und das sollte unser erster Auftrag sein? Es wäre einfacher gewesen, alle italienischen Männer zu einer Geschlechtsumwandlung zu überreden als diesen Laden voll zu bekommen!
„Schau mal!“ flüsterte Michela hinter Ginos Rücken und deutete auf die zentimeterdicke Staubschicht auf die Regalbretter mit den Pokalen „Original- 80er-Jahre Staub!“
Ich warf ihr einen besorgten Blick zu. Zur Feier des Tages hatte sich Michela als hartgesottene Geschäftsfrau verkleidet: Anthrazitgraues Kostüm, weiße Bluse und hochhackige, aber völlig nüchterne Schuhe. Ein strenger Haar-Knoten und eine humorlose Hornbrille, von der ich wusste, dass sie ein Fake war, vervollständigten das Outfit. Wie gesagt, sie hatte eine heimliche Schwäche für alles, was sachlich und pragmatisch war.
„All das“, sagte jetzt Gino mit feuchten Augen, “ habe ich mir all die Jahre aufgebaut. Und jetzt...“, hier musste Gino kräftig ins Taschentuch schnäuzen „ ...und jetzt will keiner mehr hierher kommen“.
„Gino...“, fing ich vorsichtig an und rührte in dem Glas Martini, das uns Gino freundlicherweise kredenzt hatte. Verdammt, wie sagt man einem Landsmann, der vor vielen Jahren seine Heimat mit einem einzigen Koffer und viel Hoffnung verlassen hatte, dass er am besten jenen Koffer wieder

raussuchen und sich schnell wieder auf den Rückweg machen sollte? Ginos Lokal hinkte mindestens dreißig Jahre hinterher und hatte im Vergleich zu den neuen Schicki-Micki-Läden in München überhaupt keine Chance. Das musste ihm mal jemand sagen. Wahrscheinlich war ich dieser Jemand.

„Alle gehen ins das neue Lokal um die Ecke", heulte Gino. „Viel Chrom, viel Plexiglas[6], aber wo bleibt da die Wärme? Wo die Gemütlichkeit? Weißt Du, was Helmut Fischer[7] immer sagte, wenn er herkam?".

Helmut Fischer kam hierher??

„Äh, nein, was sagte er?", fragte ich.

„Er sagte, Gino, wenn ich zu Dir ins Lokal komme, wird mir warm ums Herz, das sagte er. *Era cosí gentile Älmut…*[8]", schluchzte er in sein Taschentuch. So wie er da saß, mit seinem dicken Bauch und den viel zu kurzen Armen, konnte er einem richtig leid tun.

„Gino…", fing ich an und wusste nicht so recht, was ich sagen soll.

---

[6] ausgesprochen hatte es Gino wie „Pleggisiglass"

[7] Helmut Fischer: Älmut Fischär

[8] Era cosí gentile Elmut: Er war so nett, Helmut. (Das Aussprechen des H bedeutet für Italiener eine immense Anstrengung, aber, im Gegensatz zu Franzosen, sind Italiener prinzipiell dazu in der Lage)

„Gino!“, schrie nun Michela und haute mit ihrer Faust auf den Tisch *„Ma stai scherzando?*[9]*“*
Wir schreckten beide hoch. Was war in Michela gefahren? Hatte sie eine Kakerlake gesehen? Hatte sie den Verstand verloren?
„Das hier ist eine Goldgrube!“, rief sie euphorisch.
Ok, sie hatte den Verstand verloren.
„Noch nie etwas von Revival gehört? Wieso glaubt Ihr, dass die Leute wieder Vespas kaufen und Retro-Helme anziehen?“, fragte sie uns und schaute in unsere verdutzten Gesichter. Unsicher wechselten Gino und ich über die Messing-Amphore mit der Plastikblume, die den Tisch dekorierte, einen raschen Blick. Man konnte sehen, uns beide quälte dieselbe Frage: Wer ruft den Krankenwagen?
Michela stand auf und schaute sich mit Kennermiene um.
„Siiiiiii....sí, sí, siiiiii“, sagte sie gedehnt und schlug sich das Olivenstöckchen wiederholt in die Hände (sie schaut eindeutig zu viele Vorabend-Serien) „Hier kann man etwas machen“.

---

[9] Ma stai scherzando? : Machst Du Witze? (das „ma“ bedeutet zwar „aber“, bleibt jedoch hier nicht übersetzt da es in diesem Fall lediglich als Ausdruck leichten Dissens dienen soll).

Ja, dachte ich, hier kann man wirklich etwas machen, zum Beispiel Feuer legen und die Versicherungsgesellschaft anrufen (und beten, dass sie nicht dahinter kommen). Oder: Wasserhahn aufdrehen und einkaufen gehen. Oder aber auch...
„No, no, davvero[10]", unterbrach sie jetzt meine kriminellen Gedanken. Nicht, dass ich zu deren Umsetzung wirklich fähig gewesen wäre. Ich bin so rechtschaffen, dass ich ein schlechtes Gewissen bekomme, wenn ich einen Polizeiwagen auch nur von weitem sehe. Und das, obwohl ich in diesem Moment gerade zu Fuß unterwegs bin. Die Erziehung meiner Mutter hatte nämlich dazu geführt, dass ich mich immer und bedingungslos im Unrecht sehe, in jeder Situation.
Schließlich kommt ein gesundes Selbstbewusstsein, das alle meine deutschen Freundinnen fast ausnahmslos besitzen, in der Sündenskala meiner italienischen Familie gleich nach Diebstahl.
Stellen Sie sich vor, wie ich mich unter dem prüfenden Blick eines Sachverständigen der Versicherungsgesellschaft winden würde. Solche Leute sind mit allen Wassern gewaschen. Erst würde er mir ganz tief in die Augen schauen und dann mit einem nachsichtigen Großvater-Lächeln sagen:

---

[10] Nee, nee, wirklich!

„Nun geben Sie es schon zu, mein Kind: Sie waren es doch, die das Feuer gelegt/den Stöpseln nicht rausgezogen/die Bombe gebastelt hat, oder?“.
Und ich würde an der Stelle schluchzend an seine Brust sinken und die schreckliche Tat zugeben, froh diese böse, böse Last endlich los zu sein. Nein, für das kriminelle Leben war ich nicht geschaffen. Und das, OBWOHL ICH ITALIENERIN BIN (Ah, jetzt habe ich Sie erwischt, geben Sie zu, dass Sie es gedacht haben!).
„Schau mal, Gino“, fuhr Michela mit ihren Überlegungen fort, „Du willst, dass Dein Lokal wieder voll wird, oder?“
„Sí...“, antwortete Gino vorsichtig. Er hatte vor Michela offensichtlich immer noch Angst.
„Und es wird wieder voll werden. Überlass es uns!“, beendete Michela ihre Stellungnahme, schlug ihre Mappe zu – ein weiteres Accessoire, dass ihre Professionalität unterstreichen sollte – und erhob sich.

*

„Michela“, begann ich wenig später in der Agentur (den Weg dorthin hatten wir getrennt zurückgelegt, denn Michela wollte noch schnell in den Zeitschriftenladen, um sich ‚Inspiration zu holen‘).
„Was ist in Dich gefahren? Du kannst dem armen Mann doch keine Hoffnung machen, wenn es

eindeutig keine gibt! Was hattest Du heute für eine Brille auf?"
„Ciao, La, ciao, Michi!", grüßte uns Ilaria aus ihrer Ecke, wo sie gerade versuchte, einen Schild mit dem Namen unserer Agentur zu basteln. Wir ignorierten sie.
„Meine Fake-Brille natürlich. Aber Du weißt doch, dass ich ein Faible für Inneneinrichtung habe, oder?"
Natürlich wusste ich das. Michela verbrachte ganze Wochenenden auf Flohmärkten und in Antiquitäten-Läden auf der Suche nach perfekten Gegenständen, die ihre ohnehin perfekte Wohnung perfekt vollendeten.
„Wir transformieren Ginos Laden in eine echte italienische Bar der 80er-Jahre!", triumphierte sie nun.
„Äh, Michela...", begann ich vorsichtig, „ich glaube, Dir ist heute ein kleines aber wesentliches Detail entfallen: Ginos Lokal IST EINE ECHTE ITALIENISCHE BAR DER 80er!", schrie ich frustriert, „Es fehlte nur noch Toto Cutugno mit seiner Gitarre und dem blöden Lied[11] und dann könnten wir den ganzen

---

[11] Es handelt sich um den uralten Ohrwurm „Io sono un Italiano". Durch den nicht besonders anspruchsvollen Text und der klischeehaften Aufmachung des Sängers liegt der Verdacht nahe, dass Toto Cutugno das Lied im Auftrag der im Ausland schaffenden Pizzaioli und für deren Gäste geschrieben habe.

Laden komplett auf e-bay unter ‚Seltenes und Seltsames aus Italien' verkloppen!".
„Sí, sí, das weiß ich", räumte Michela ein, „schließlich war ich in den 80ern auch ein italienisches Mädchen, oder?", grinste sie.
In diesem Moment packte mich schlimmes Heimweh. Das geschieht immer urplötzlich und der Auslöser dafür ist eher selten nachvollziehbar. War es die Vorstellung von Michela gewesen, wie sie als 15-Jährige mit pinkfarbenem T-Shirt, glänzenden Leggings und Spitzen-Bändern im Haar mit zwanzig anderen Jungendlichen vor einer Bar in Milano herumgelungert haben mochte? Oder war es womöglich – oh, bitte nicht! – die Erwähnung von Toto Cutugno gewesen? Dieses Lied hatte ich schon immer gehasst, schon deswegen, weil es das Klischee des kleinen, schwarzen, singenden Italiener auf so plakativer Weise bestärkt hatte, dass viele Deutsche mir damals die Tatsache nicht abkauften, dass mein Vater kein Zwerg mit Goldkette und Brusttoupet war. In Wirklichkeit ist mein Vater tatsächlich nicht besonders groß und das Schließen der oberen drei Knöpfe liegt ihm grundsätzlich fern, aber ich schwöre, er sieht Toto Cutugno partout nicht ähnlich und singen kann er schon überhaupt nicht.
Viel wahrscheinlicher war es aber, dass die Messing-Amphore auf Ginos Tisch Erinnerungen wachgerufen

hatte, die zu meiner Heimweh-Attacke führten. Das hatte mit meiner Mutter und deren Marktstand am Gardasee zu tun. In den 80ern lernten meine Eltern auf dem Camping-Platz in Saló, in der Nähe unseres Wohnorts, einen Großhändler für dekorative Gegenstände aus Messing kennen, der ihnen versicherte, das Zeug wäre der letzte Schrei und würde sich wie warme Semmeln verkaufen. Meine Eltern, noch sehr jung und unternehmungslustig, beschlossen, ohne groß darüber nachzudenken, ins Messing-Geschäft einzusteigen. Kurzerhand absolvierte meine Mutter die Prüfung für den Händlerschein und meine Eltern kauften einen Marktstand, der sich leicht auf- und wieder abbauen ließ, und wurden Kunden beim Messing-Großhändler. Im Sommer 1982 konnte man die Ware meiner Eltern erstmalig auf allen größeren Wochenmärkten am Gardasee- Westufer bewundern. Das Sortiment umfasste ein Sammelsurium verschiedener Amphoren, Karaffen, Vasen, Teller, Unterteller, Mörser, Sonnenkalender (!), Kerzenständer, Schalen, Schälchen, Schüsseln, Kerzenständer, Tabletts und sonstigem überflüssigen Kram. Natürlich war alles aus Messing, dem neuen In-Metall.

Wir Kinder ließen uns vom Enthusiasmus meiner Eltern natürlich anstecken und waren immer vorne mit dabei, wenn es darum ging, die guten Stücke mit unserem „Firmen-Schildchen" zu versehen (konsequenterweise ebenfalls aus Messing). Den Geruch, den Messing an den Händen hinterlässt, habe ich noch heute gut in Erinnerung und ich könnte ihn ohne weiteres vom Geruch jeder beliebigen anderen Metalllegierung unterscheiden (leider hat mir diese Fähigkeit im Leben nie irgendeinen nennenswerten Vorteil eingebracht). Bei der Arbeit träumten wir alle von unserem zukünftigen weltweiten Messing- Imperium.

Die treusten Kunden meiner Eltern waren, wie könnte es anders sein, deutsche Gardasee-Touristen, die, benebelt durch das ausgelassene Urlaubsfeeling und offenbar ausgestattet mit einem gut gefüllten Portemonnaie, Unmengen dieses Zeugs kauften und in ihren BMWs nach Deutschland karrten. Offensichtlich fanden die Gegenstände in den deutschen Heimatorten regen Zuspruch, denn die Kundschaft wuchs durch die Mund-zu-Mund-Propaganda von Jahr zu Jahr. Vielleicht lag es aber auch an der sympathischen und überaus engagierten Art meiner Eltern, dass sie so erfolgreich waren. Jedenfalls verkaufte sich die Ware überraschend gut und mit einer hübschen Gewinnmarge.

Ich für meinen Teil konnte einfach nicht glauben, dass Leute so viel Geld für einen solchen Schund

ausgaben. Was ich mir allerdings gut vorstellen konnte, war, wie es in vielen deutschen Haushalten zu jenen Zeiten ausgesehen haben mochte. In unserer Wohnung und in denen unserer Verwandten war nämlich weit und breit kein Eck ohne Messing-Accessoire zu finden: Während ein monströser sechsarmiger Kerzenständer den Kaminsims meiner Oma verunstaltete, zierten verschiedene Teller und Gefäße fragwürdigen Nutzwerts unsere Regale und Wohnzimmerschränke. Meine Tante, die offensichtlich ein Faible für Mörser hatte und eine ganze Serie davon zum Verwandtschaftspreis erstand, hatte für sie immerhin eine sinnvolle Verwendung als Türstopper gefunden, wog der kleinste Mörser samt dazugehörigem Stößel doch einige Kilo. Weil das geschätzte spezifische Gewicht von Messing sich eben zwischen fünf und sechs Tonnen bewegt, zog sich meine Mutter beim Auf- und Entladen der Ware binnen kurzer Zeit einen Bandscheibenvorfall zu, der das jähe Ende unseres erfolgreichen Messinghandels bedeutete (mein Vater hatte jedes Jahr seinen gesamten Urlaub dafür verwendet, sie im Sommer auf den Märkten zu begleiten und ihr zur Hand zu gehen, aber Jahresurlaube gehen irgendwann auch zu Ende).
Die unverkauften Gegenstände, die meine Eltern im Lager, sprich: In der Garage meiner Oma, noch

hatten, wurden im Laufe der kommenden Jahre zu Geschenken und Mitbringsel für Freunde und Verwandte umfunktioniert. Irgendwann hatte aber wirklich keiner mehr Lust auf Messing, Geschenk hin oder her. Die Messing-Ära war schlicht und ergreifend untergegangen und unsere Träume vom Weltimperium gleich mit.
Sollte einer der freundlichen Leser bei sich zu Hause noch einen Messing-Gegenstand und dazugehöriger Plakette mit der Gravierung „Val-Art" finden, würde ich mich sehr freuen, wenn er sich bei mir melden würde, um über die gute alte Zeit zu plaudern (ich helfe Ihnen auf die Sprünge: Mein Vater war der kleine, schwarzhaarige Mann mit Schnurrbart und üppiger Brustbehaarung, der sich immer überschwänglich freute und mit Handschlag bedankte, wenn er einen noch so kleinen Gegenstand verkauft hatte. So einen gab es nur einmal).
„Ich meine es ernst, Laura", sagte nun Michela und holte mich wieder in die Gegenwart zurück, „Natürlich müssen wir kräftig Hand anlegen. Aber wir sind doch die Agentur für italienische Klischees, oder? Dann machen wir aus Ginos Laden eben all das, was Deutsche sich unter einer italienischen Bar vorstellen. Aber in schön, natürlich! Die Messing-

Amphoren bleiben da nicht stehen!“, fügte Michela hinzu und kicherte.
„Warum? Was hast Du gegen Messing?“, fragte ich sie scharf und wunderte mich sofort über mich selbst. Seltsam, wie man an jedem noch so peinlichen Aspekt seiner Kindheit hängt, sobald man sie unwiderruflich hinter sich gelassen hat, diagnostizierte ich mir selbst.
„Äh, nichts...“, antwortete Michela verunsichert und wechselte mit Ilaria einen fragenden Blick „Es ist nur so: Alles, was Du da drinnen gesehen hast, hat Flair. Es ist das Flair des Vergangenen, Unwiderruflichen. Wir müssen es nur ins richtige Licht rücken und den richtigen Rahmen dafür finden!“, sagte Michela und schaute mich glücklich an.
„Naja, vielleicht hast Du Recht...“, erwiderte ich zögernd. Von Inneneinrichtung habe ich einfach keine Ahnung. Manchmal kaufe ich mir zwar jene Hochglanzmagazine, die verheißungsvolle Namen haben wie „Ich wohne gerne“, „Heim und Schein“ oder „In meinem Garten wühle ich selbst“. Ich blättere ein bisschen darin herum, staune darüber, dass ein stockfleckiges Schränkchen mit Holzwurmlöchern und verrosteten Griffen ganze elftausend Euro kosten soll und frage mich, welche Leute sich auf einen Sessel aus alten Metall-Kleiderbügeln hinsetzen wollen. Häufig haben die

Fotografen solch nobler Blätter unerklärlicherweise gerade die unschönen Details in Großaufnahme festgehalten, als würden die Kerben auf dem alten Metzger-Tisch von besonders gutem Geschmack zeugen oder als würde die Spinne in der Küchenecke mit den Stühlen im Hintergrund farblich ausgezeichnet harmonieren. Alles in allem nicht meine Welt.

„Wir werfen alles weg, was nicht zu retten ist", fuhr Michela fort. "Die Poster, die Gardinen, die vertrockneten Pflanzen, einfach weg damit!".

Ich schaute sie stumm an und dachte daran, dass es vielleicht besser wäre, alles an die Redaktion von „Wohnst Du noch?" zu schicken: Die hatten bestimmt Verwendung dafür.

„Äh, also, die Messing-Amphore können wir natürlich behalten, wenn Du willst", fügte Michela hinzu, durch meine unbewegte Miene scheinbar verunsichert. Sie warf abermals einen hastigen Blick Richtung Ilaria, die sich jedoch mittlerweile die Nägel lackierte und deshalb den Blick nicht erwidern konnte.

„Du hast bestimmt recht, Michela. Aber wie wollen wir das alles bewerkstelligen?", fragte ich eine Spur zu verzweifelt.

„Überlass es einfach mir, Laura", beeilte sich Michela zu sagen, offensichtlich froh, dass ich aus meiner

Starre erwacht war. „Ich kenne da einen jungen Innenarchitekten. Er würde sich bestimmt freuen, aus Ginos Laden ein Paradies für Italien-Nostalgiker zu zaubern!“.
„Ach ja, den kenne ich auch“, mischte sich nun Ilaria ein. „Alex, toller Typ!“.
Michela und ich verdrehten die Augen. Konnte sie auch mal an was anderes als an Männer denken? Und was war eigentlich aus dem Kamasutra-Typ geworden?
„Was ist eigentlich aus dem Kamasutra-Typ geworden?“. Nie konnte ich meine Klappe halten.
„Niente[12]. Er war mir zu anstrengend“.
Michela und ich wechselten einen bedeutungsschwangeren Blick. Auch Ilaria wurde nicht jünger.
„Dass man an der Einrichtung was ändern sollte, das sehe selbst ich“, nahm ich den Faden des Gesprächs wieder auf und gewann langsam meinen alten Elan zurück. „Aber das reicht nicht. Wir brauchen italienische Klischees bis zum Abwinken, wenn Ginos

[12] Niente: Nichts („Niente“ wird ab und zu in der Umgangssprache auch zu Beginn eines Satzes verwendet, um ihn sozusagen einzuleiten. Meistens ist der Satz tatsächlich bedeutungslos; manchmal soll das Wort jedoch von der tatsächlichen Gewichtung einer Mitteilung ablenken. Wenn Sie keinen Sinn darin sehen, haben Sie mein vollstes Verständnis)

Laden wieder voll werden soll! Dazu müssten wir brainstormen. Habt Ihr heute Abend schon etwas vor?", grinste ich und griff zum Telefon, um Simona und Katrin anzurufen.

*

Weil italienische Mütter masochistisch veranlagt sind und auch abends für ihre Lieben kochen, wurde es recht spät, bis wir uns alle an jenem Abend auf meiner Wohnzimmercouch zusammenfanden. Vorsichtshalber hatte ich die Saras Filzstifte weggeräumt, damit Ilaria nicht wieder auf dumme Gedanken kommen konnte.
Die erste, die eintraf, war Katrin. Als es an der Tür klopfte, war ich noch mit dem Wegräumen des Geschirrs beschäftigt und gleichzeitig, damit es nicht langweilig wurde, in einer lebhaften Diskussion mit Martin zum Thema „zurechtweisende Pappschilder auf meiner Windschutzscheibe" verfangen. Heute hatte ich die Botschaft „Dein Auto sieht aus wie ein Saustall" erhalten und, obwohl sie durchaus der Wahrheit entsprach, konnte ich eine solche Einmischung in meine Privatsphäre einfach nicht zulassen. Mein Auto ist nämlich ein Teil von mir und meiner Persönlichkeit. Aus patriotischen Gründen und trotz der eher kritischen Haltung der Deutschen gegenüber italienischen Autos, hatte ich mich beim Wagenkauf für einen gelben Fiat Punto sporting

entschieden. Das Unternehmen FIAT (Akronym für *fabbrica italiana automobili Torino,* um das ein für alle Mal klarzustellen!) hatte vor Kurzem eine rührende Werbekampagne gestartet, in der Sätze wie ‚Ein Vaterland, ein Auto', ‚Bauen wir zusammen Italien wieder auf', und ‚Wenn nicht Du, wer?' Italiener motivieren sollten, mit dem Kauf eines FIATs der angeschlagenen italienischen Automobilindustrie wieder auf die Beine zu helfen. Unter uns: Im Ausland lebende Italiener sind für solche Gefühlsduseleien besonders anfällig, weil sie unter dem schlechten Gewissen leiden, ihr Vaterland in schwierigen Zeiten (und das ist im Fall von Italien auf keinen bestimmten Zeitpunkt beschränkt) im Stich gelassen zu haben.
Als ich den Fiat Punto erwarb, hatte ich also die italienische Fahne vor meinem geistigen Auge wehen sehen und vor Rührung und Heimweh fast geweint. Nun wollte mir ein dahergelaufener deutscher Kindsvater erzählen, wie ich mein italienisches Auto zu behandeln hatte. Als wüsste ich es als Italienerin nicht besser! (Ich gebe zu: Im Ausland lebende Italiener neigen nicht nur zur Sentimentalität, sondern hegen auch eine etwas unsachliche Einstellung zu allem, was Italienisch ist).
Ich unterbrach wider Willen die freundliche Diskussion mit Martin und öffnete die Tür. Es

wunderte mich nicht, dass Katrin als erste eingetroffen war, hatte sie doch nur zwei Stockwerke zu laufen und besaß keinen Balg samt dazugehörendem nörgelndem Mann, die ihr den letzten Nerv und wertvolle Lebenszeit raubten.
„Bist du noch beschäftigt?“, fragte mich Katrin und küsste mich auf beiden Wangen.
„Nö“, antwortete ich cool und schleuderte mit einer solchen Wucht die Tür des Geschirrspülers zu, dass die Gläser darin gefährlich klirrten. „Es sieht nur so aus. In Wahrheit liege ich gerade am Strand auf Tobago und lasse mir von einem reizenden Einheimischen Luft zufächeln“. Die Vorstellung gefiel mir, fast konnte ich den weichen Sand unter meinem Allerwertesten spüren und das überaus interessante Muskelspiel des netten jungen Mannes vor meinen Augen sehen. Das nannte sich wohl Visualisierung, hatte ich in meinen Motivationsbüchern für die Arbeit gelernt, und sie schien zu funktionieren. Mein dämliches Grinsen verschwand allerdings sofort, als ich der funkelnden Augen von Martin gewahr wurde. Immer musste er mir die Laune verderben. Noch nicht mal am Feierabend waren mir ein bisschen Ablenkung und sexistische Gedanken vergönnt.
„Und noch etwas“, sagte er jetzt.
Ich lauschte gespannt.

„Sieh zu, dass du die Garderobe ausmistest, die ist voll bis obenhin mit deinen Klamotten. Neulich war meine Mutter zu Besuch und da war noch nicht mal Platz für ihre Jacke!“, beendete nun Martin seine Schimpftirade.
„Dann soll deine Mutter einfach zu Hause bleiben, da hat sie genug Platz für ihre Jacken!“, erwiderte ich boshaft und ungerecht, da meine Schwiegermutter eigentlich eine sehr nette Person ist. Aber, wie man so schön sagt: Im Krieg und in der Liebe ist alles erlaubt und hier war Krieg angesagt. Außerdem wollte ich wie immer das letzte Wort behalten.
„Du willst wie immer das letzte Wort behalten. Ich gehe jetzt zum Sport, viel Spaß noch“, sagte er und verschwand durch die Wohnungstür.
Katrin schaute mich besorgt an, obwohl sie solche Szenen bereits kannte, denn Diskussionen zwischen Martin und mir hatte sie zur Genüge mitbekommen. An manchen Tagen, sagte sie, konnte sie uns sogar noch in ihrer eigenen Wohnung zwei Stockwerke höher schreien hören. Schön war das alles nicht, vor allem wegen unserer Tochter, auch wenn wir in ihrer Gegenwart halbwegs zivilisiert miteinander umgingen. Mit einem vorsichtigen Blick in ihr Zimmer überzeugte ich mich, dass Sara immer noch tief und fest schlief. Ein Glück, sie hatte nichts mitbekommen.

„Katrin, willst Du etwas trinken?“, fragte ich meine Freundin.
„Uno spritz[13]“, erwiderte Katrin, die mittlerweile sehr gut italienisch konnte.
„Con Aperol o Campari?[14]“, fragte ich automatisch. Die Frage wird in Italien immer gestellt (zur Info: Die meisten Italiener nehmen Aperol während nur ein paar wenige Mutige sich für die herbere Variante mit Campari entscheiden).
„Aperol“, antwortete Katrin lapidar und ohne großen Firlefanz, wie eine echte Italienerin.
Während ich das Getränk mixte, grinste ich vor mich hin. Als wir uns kennenlernten, war ihr Wissen über Italien das übliche, undifferenzierte Sammelsurium an Klischees, wie zum Beispiel:

1) In Italien scheint immer die Sonne
2) Alle Italiener sind dunkelhaarig
3) Italiener trinken immer und zu jeder Uhrzeit Cappuccino

---

[13] Uno spritz: Hier wird der männliche Artikel „uno“ und nicht „un“ verwendet (da der folgende Substantiv mit „z“ oder „s + consonante“ anfängt. Für alle anderen Fälle heißt der männliche Artikel „un“, zum Beispiel: Un cappuccino). Das Hinzufügen von „per favore“ (bitte) ist im Italienischen kein Muss und wird bei Bestellungen fast nie verwendet.

[14] Con Aperol o Campari?: Mit Aperol oder Campari?

4) So gut wie alle Italiener pflegen heimliche Kontakte zur Mafia.

Im Laufe der Jahre hatte Katrin ein paar bitterkalte italienische Winter erlebt und mittlerweile ohne weiteres akzeptiert, dass ich Kaffee in jeglicher Ausführung nicht vertrage, OBWOHL ich Italienerin bin. Außerdem hatte sie in der Zwischenzeit meine italienische Familie kennengelernt und, obwohl dadurch einige ihrer Klischees bestätigt wurden (zum Beispiel im Bezug auf die Lautstärke von sich unterhaltenden Italienern), hatte sie in meiner familiären Umgebung Gestalten à la Marlon Brando oder Al Pacino partout nicht entdecken können.

Doch nicht nur Katrin hatte ihre Horizonte bezüglich anderer Kulturen in den letzten Jahren erweitert. Ich hatte durch sie die verschiedenen Facetten des deutschen Volkes kennen- und schätzengerlernt. So profitieren wir beide von dieser wunderbaren Freundschaft.

Später, als auch Simona, Ilaria und Michela eingetrudelt waren, saßen wir auf dem Sofa und arbeiteten am Projekt ‚Gino'.

Ich hatte Saras große Kreidetafel zweckentfremdet und den Projekttitel ‚Rettet Gino' aufgeschrieben. Ilaria hatte sich nicht zurückhalten können und ein Wal daneben gemalt.

„Bene, ragazze[15]“, fing ich unsere Sitzung an, „Wie ihr bereits wisst, waren Michela und ich heute beim Wal, äh, bei Gino, meine ich...“
„Wissen wir“, sagte Ilaria, „das muss ein ziemlicher Grufti-Laden sein!“.
„Äh, ja, aber um die Inneneinrichtung kümmert sich Michela“, erklärte ich.
„Sí, ich habe schon mit Alex gesprochen und wir haben bereits tolle Ideen, wie wir den Laden umkrempeln wollen. Ihr werdet sehen!“, teilte uns Michela zufrieden mit.
Simona sagte nichts. Komisch. Zwar ist Simona mit ihren drei Kindern diejenige von uns, die am meisten Stress hat, aber normalerweise ist sie trotzdem immer gut aufgelegt und lacht viel (sie nennt es ‚Galgenhumor‘). Heute war sie aber still und in sich gekehrt. Es musste etwas passiert sein.
„Aber natürlich brauchen wir mehr als nur eine neue Einrichtung. Wenn wir Gino unter die Arme greifen und wieder auf die Beine helfen wollen...“ fuhr ich fort.
„Dann brauchen wir einen Kran!“, beendete Ilaria meinen Satz und lachte aus vollem Hals. Ilaria kann recht albern sein, aber so wie sie sich jetzt auf dem Sofa vor Lachen kringelte, konnte man ihr einfach nicht böse sein.

---

[15] Bene ragazze: Gut, Mädels!

„Jetzt schreiben wir einfach alles auf, was sich die Deutschen unter Italien vorstellen und dann schauen wir, ob wir es irgendwie mit Ginos Laden in Verbindung bringen können“, schlug ich vor.
Vier Augenpaare starrten mich an. Typisch: Wenn es darauf ankommt, kriegt keiner ein Wort über die Lippen.
„Ok, machen wir es anders“, versuchte ich die Blockade aufzulösen.
„Wenn wir uns eine Bar zu Hause in Italien vor Augen führen, was sehen wir da?“, fragte ich in die Runde.
„Naja“, fing Michela vorsichtig an, „Es stehen immer Gruppen Jungendlicher davor. Ich habe in Milano auch immer mit meinen Freunden vor den Bars herumgelungert.“. Aha, ich hatte also richtig geraten.
„Richtig! Und was habt ihr da gemacht?“, fragte ich sie.
„Geredet, gelacht, geknutscht, Chips gegessen, Cola getrunken, geraucht… „, mischte sich jetzt Ilaria ein.
Ich schrieb alles auf die Tafel.
„Und wie viele wart ihr da? Zwei, drei?“, fragte ich bewusst provozierend.
„No, no! Zehn, zwanzig Leute. Wir haben meist sogar den Eingang blockiert, der Besitzer hat sich immer beschwert, dass keiner durchkonnte, aber dann haben wir ihm eine Zigarette angeboten und er hat sich dazu gesetzt. Wir waren mit der Vespa oder mit

dem Moped da, alle ohne Helm natürlich, war ja uncool", fügte Michela hinzu. Das war wohl Michela gewesen, bevor sie nach Deutschland kam und sich von der deutschen Tugendhaftigkeit einnehmen ließ. Auch das hatte ich geahnt.
„Bene, was haben wir sonst für Klischees?", fragte ich in die Runde.
„Gestern war ich mit einem Mann beim Abendessen", sagte Ilaria.
Das war in der Tat ein Klischee.
„Er hatte den Nerv, nach dem Essen einen cappuccino zu bestellen!", beendete Ilaria ihren Bericht und schaute entrüstet in die Runde.
Ilaria bezog sich auf die Tatsache, dass ein cappuccino nicht dazu gedacht ist, nach dem Essen eingenommen zu werden. Ich nutze die Gelegenheit, um die häufig missverstandene Sachlage um das beliebte italienische Heißgetränk klarzustellen: Obwohl kein Italiener sich je einen cappuccino nach einer Mahlzeit bestellen würde, ist das Einnehmen eines solchen, entgegen der weitverbreiteten Meinung, nicht ausschließlich auf den Vormittag beschränkt. Das Bestellen eines cappuccino am Nachmittag ist in Italien zwar ein seltenes jedoch ein ohne weiteres mögliches Vorkommnis. Und da wir schon bei Kaffee-Mixgetränke sind, sei noch folgendes gesagt: Der in Deutschland beliebte Latte

macchiato kommt nicht aus Italien, wo er weitgehend unbekannt ist und wo es, wie Sie wahrscheinlich bemerkt haben werden, nahezu unmöglich ist, einen solchen zu bekommen. Es liegt die Vermutung nahe, dass der Latte macchiato eine Erfindung der US-Coffeeshops und nur eine derer unzähligen Kaffeevariationen ist. Da es sich jedoch um eine italienische Bezeichnung handelt, möchte ich hinzufügen, dass „Latte“ (auf Deutsch „Milch“) ein männliches Substantiv ist und somit den Artikel „der“ und nicht „die“ braucht. Ich hoffe, ich konnte Ihnen mit diesen Informationen für Ihre nächste Kaffeebestellung behilflich sein.
Da es sich bei Ilarias Beitrag um kein Klischee handelte, das wir für unser Gino-Projekt einsetzen konnten, nahmen wir es nur mit einem möglichst mitfühlenden und verständnisvollen Nicken zur Kenntnis. Ilaria schien dafür dankbar zu sein.
„Italienerinnen sind hübsch, dunkelhaarig, dunkelhäutig und immer toll angezogen“, warf Katrin ein.
„Und sie haben Unmengen an Kindern“, fügte Ilaria mit einem Seitenblick Richtung Simona grinsend hinzu.
In diesem Moment sprang Simona auf und rannte heulend ins Bad. Wir schauten uns verdutzt an.

„Ich wollte nicht... ich meine...sie....äh...sie lacht doch immer selbst darüber“, stammelte Ilaria verunsichert und war ebenfalls den Tränen nahe.
„Lass mal, Ilaria, Du hast nichts Schlimmes getan, da steckt wahrscheinlich etwas anderes dahinter“, sagte ich und lief Simona hinterher.
„Simona!“, rief ich vor der Tür.
Keine Reaktion. Drinnen waren nur Schluchzer zu hören.
„Simona“, versuchte ich wieder, „Du hast tolle Kinder! Wir alle finden es super, wie Du es mit Deinen drei Kindern schaffst. Und ganz ehrlich, im Grunde glaube ich nicht, dass Ilaria es je...“
„Das ist es nicht“, unterbrach mich Simona leise.
Ich vermutete, sie hatte wieder mit Kai gestritten. Simona hatte ich vier Jahre zuvor im Krankenhaus kennengelernt, als ich Sara und sie Daniele, ihr zweites Kind, entbunden hatte. Ich hatte auf die Narkose-Spritze für meinen Kaiserschnitt gewartet, als ich im Zimmer nebenan eine Frau hörte, die zweifellos in den Wehen lag. Außer unverständlichen und lauten Wehklagen, die mich erleichtert darüber stimmten, dass ich bald unter das Messer kam und mir somit diese Qual erspart blieb, hörte ich die unbekannte Frau italienische Worte herausschreien. Die Ausdrücke waren vielleicht nicht literaturpreisverdächtig, aber in Anbetracht der

Umstände hatte ich das auch nicht erwartet. Insbesondere schienen sich ihre Beschimpfungen gegen ihren Mann zu richten, da unter anderem die Rede von ‚schwanzgesteuert[16]', ‚Idiot' und ‚Zahlenanalphabet' war.
Später, als ich meine neue italienische Freundin im Stillzimmer kennenlernte, erklärte sie mir, dass Daniele kein geplantes Kind gewesen und ihr Mann der einzige Deutsche sei, der es mit Angaben (zu den fruchtbaren Tagen seiner Frau zum Beispiel) nicht so genau nahm. Aber weil die Natur es so eingerichtet hatte, freute sich Simona doch sehr über ihr niedliches Baby und beide freuten wir uns über unsere neue Freundschaft.
Seitdem waren vier Jahre vergangen, Simonas Mann hatte sich wieder einmal verzählt und die kleine Elena hatte vor zwei Jahren das Licht der Welt erblickt.
Häufig warfen sich Simona und Kai gegenseitig vor, zu dumm für diese Welt zu sein aber insgeheim konnten sie doch nicht die Finger voneinander lassen.

---

[16] Sie erwarten doch nicht im Ernst, dass ich Ihnen das übersetze? Außerdem: Wie wahrscheinlich ist es, dass Sie dieses Wort auf Italienisch benötigen werden? (Ok, die letzte Frage nehme ich zurück).

„Hast Du mit Kai gestritten?“, fragte ich sie vorsichtig.
Simona fing wieder das Heulen an, Satzfragmente erreichten mich durch ihre Schluchzer hindurch.
„...dachten...diesmal mit Thermometer...nicht schon wieder...vier...zu viele...Test...“
Ich ahnte Böses.
„Simona, bist Du wieder schwanger?“
„Ich weiß es nicht“, kam es leise zurück, „Der Test ist in meiner Handtasche. Ich traue mich nicht, ihn zu machen“.
„Komm, wir machen ihn zusammen“, sagte ich mutig, obwohl mir angst und bange war. Kinder sind zwar ein Segen (ich hätte nie gedacht, dass ich je so etwas sagen würde), aber man kann es damit auch übertreiben: Vier Kinder waren aus meiner Sicht eindeutig zu viel des Segens. Ich fischte das Stäbchen aus ihrer Tasche und reichte es Simona, die inzwischen die Tür geöffnet hatte und mich zerknirscht anschaute.
„Wir brauchen noch drei Minuten!“, schrie ich den anderen Mädels im Wohnzimmer zu, die mich darauf hin verdutzt anschauten.
Im Bad starrten Simona und ich gebannt auf das Teststäbchen und krallten uns gegenseitig vor lauter Aufregung an den Oberarmen fest. Solche Plastikstäbchen sind so ziemlich das Hinterhältigste,

was es überhaupt gibt. Sie liegen im Drogerie-Regal meistens zwischen Tampons und Kondome und sehen mit ihrer neutralen Aufmachung so aus, als könnten sie kein Wässerchen trüben. Innerhalb von drei bis fünf Minuten verwandeln sie sich jedoch in tickende Bomben, die das Leben einer Frau von einem Moment auf den anderen komplett auf den Kopf stellen können.
Die drei Minuten waren um und zu unserer großen Erleichterung war der ominöse violette Streifen, untrügliches Zeichen einer bestehenden Schwangerschaft, ausgeblieben. Simona war mit einem Schrecken davon gekommen.
„Simo“, sagte ich jetzt und atmete tief durch. „Wir müssen uns mal bei Gelegenheit unterhalten. Du weißt, ich kenne mich beruflich bedingt mit geeigneten Verhütungsmaßnahmen aus. Überlass es doch nicht dem Zufall! Du und Kai, ihr könnt einfach nicht rechnen!“.
Simona nickte schuldbewusst und dann betraten wir gemeinsam das Wohnzimmer.
Hier war offensichtlich eine lebhafte Diskussion im Gange.
„Laura, senti[17]. Wir wissen, wie wir das mit Ginos Lokal hinbekommen“, sagte Ilaria aufgeregt. „Wir

[17] Laura, senti: Laura, hör mal!

engagieren einfach ein paar Italiener, die müssen aber gut aussehen!“

Nee, schon klar, dachte ich, Ilaria war wieder in ihrem Element.

„Und dann sollen sie Ginos Laden belagern! Sobald er renoviert ist, natürlich! Vorher würde sich keiner damit blamieren wollen, reinzugehen. Sie fahren mit ihren Vespas vor, füllen den Laden, trinken Aperol spritz und unterhalten sich laut auf Italienisch. Sie machen halt einen auf Italien! Was glaubst Du, wie die Deutschen darauf abfahren?“

„Was meinst Du, Katrin?“, fragte ich unsere deutsche Freundin, die als solche eine wertvolle Beraterin für uns war.

Katrin hatte einen verträumten Ausdruck angenommen und schaute selig lächelnd in die Ferne.

„Ok, es scheint zu funktionieren“, stellte ich fest.

„Und dann“, fuhr Ilaria fort „rennen alle Leute Ginos Türen ein, weil der Laden so cool ist und so italienisch!“, beendete Ilaria ihre Erfolgsprophezeiung.

„Guter Plan, aber wo bekommen wir all diese Italiener her?“, fragte ich.

„Das überlass mal mir“, sagte Ilaria mit einem verschmitzten Lächeln.

Bei Ilaria hatte ich keine Bedenken, dass sie bei ihrem ausschweifenden Lebensstil nicht genug Leute zusammentrommeln konnte.
„Wir sollten aber noch etwas machen“, warf jetzt Simona ein, die sich offensichtlich von dem Stäbchen-Schock erholt hatte und sich genüsslich einen großen Martini einschenkte.
„Wir führen bei Gino den *aperitivo* ein, genau wie in Italien“, sagte Simona.
Der *aperitivo* ist in Italien kein Getränk, sondern eine Institution. Man nimmt ihn von neunzehn bis zirka zweiundzwanzig Uhr ein und er besteht aus den üblichen Aperitif-Getränken (meist Mix-Getränke aus Wein, Aperol, Campari, Martini) plus mehr oder weniger üppigen Häppchen. Während bis vor einigen Jahren nur Oliven oder Chips das Getränk begleiteten, hatte sich der *aperitivo* mittlerweile zu einem echten Abendessenersatz entwickelt. Die Leute bezahlen einen Pauschalbetrag (der deutlich niedriger als der Preis eines Abendessens ist) und können den ganzen Abend kleine Leckereien wie Pizzahäppchen, Mini-Toasts, gegrilltes Gemüse, Käsesnacks, focaccine[18], gefüllte Oliven und vieles mehr zu sich nehmen. Bei solchen Events herrscht immer eine ausgelassene Atmosphäre, alle Leute

---

[18] Focaccine: Leckere italienische weiche Brotsorte mit Olivenöl

stehen drinnen oder draußen auf dem Bürgersteig und das Ganze hat ein bisschen den Charme einer privaten Feier.
„Tolle Idee!“, sagten wir alle im Chor, denn die Vorstellung gefiel uns sehr.
Nachdem wir noch ein paar Details geklärt und die nächsten Schritte fein säuberlich in Michelas professioneller Mappe aufgeschrieben hatten, verabschiedeten sich meine Freundinnen und ich konnte in Ruhe die Gedanken schweifen lassen.
Die Ideen für Ginos Laden fand ich gut. Wenn wir uns mit der Umsetzung Mühe gaben, hatte die Agentur aus meiner Sicht gute Erfolgschancen. Und vielleicht konnte ich schon bald meinen verhassten Job kündigen. Irgendwo hatte ich gelesen, man sollte im Leben nur das tun, was einem leicht fällt. Italien an jeder Ecke aufblühen lassen und mit meinen Freundinnen wahnwitzige Ideen austauschen fiel mir leicht, jedenfalls leichter als die Vorstellung, bis zu meinem Lebensende in der Pharmaindustrie zu arbeiten. Mein Leben war nicht gerade der Weg des geringsten Widerstands gewesen. Ich habe Freundinnen in Italien, die immer noch in ihrem Geburtsort und gerade mal fünfhundert Meter von ihren Eltern entfernt wohnen, einem langweiligen Job in einem stickigen Büro nachgehen und ihren Freund aus der Schulzeit geheiratet haben. Obwohl

ich sie manchmal wegen der Einfachheit ihres Lebens beneide, habe ich mich doch für einen anderen Weg entschieden und ich bin froh darüber. Meistens jedenfalls.

Capitolo due – L'inizio (Der Anfang)

Leise klopfte es an die Tür und das Geräusch riss mich aus meinen Gedanken. Wer mochte das jetzt sein? Möglich, dass mein perfekter Kindsvater seinen Schlüssel vergessen hatte?
Mit einer gewissen Portion Schadenfreude und bereit zum Kampf begab ich mich an die Tür.
„Äh, ciao Laura", sagte Katrin.
„Hey, Katrin, hast du was vergessen?".
„Nein, aber ich mache mir Gedanken, weil du heute nach der Diskussion mit Martin etwas zerknirscht warst".
„Mach dir keine Sorgen, ich habe mich daran gewöhnt", zuckte ich mit den Schultern, obwohl ich mich alles andere als cool fühlte. Ich ging wieder zum Sofa und bedeutete Katrin mit einer lässigen Kopfbewegung mir zu folgen.
„Ich finde es aber doof, Laura. Wir kennen uns schon so lange und ich möchte, dass es dir gut geht", sagte meine Freundin und umarmte mich über zwei Sofakissen hinweg.
Das war auch etwas, woran ich mich lange Zeit nicht gewöhnen konnte. In Italien haucht man sich Küsschen links und rechts an den Wangen vorbei und man spart sonst auch nicht an emotionalem Ausdruck. Doch eine richtig innige Umarmung

zwischen Freunden oder Verwandten ist bei uns nicht üblich und so versetzt sie mich immer wieder in leichte Verlegenheit. Und das war natürlich nicht die einzige Umstellung, die mein ungewöhnlicher Lebensweg im Laufe der Jahre von mir gefordert hatte.
Meine für eine junge Italienerin unübliche Entscheidung hatte ich in den 80er Jahren getroffen. Mitten in diesen Zeiten tragischer modischer Verirrung, ging ich, blutjung und der blinden Faszination des Fremden unterliegend, für ein Jahr nach Deutschland.
Naja, ganz so unwissend war ich ja nicht. Gerüchte über das deutsche Volk hatte ich in meinem Heimatort, der ja immerhin in der Nähe des Gardasees und somit in deutscher Tourismus-Reichweite liegt, doch schon mitbekommen.
Eines dieser Gerüchte besagte zum Beispiel, dass Deutsche ihr Bier aus Gefäßen trinken würden, die so aussahen wie Blumenvasen, sowohl die Form als auch die Größe betreffend. Damals waren wir zwar klein und beschränkt aber so gutgläubig waren wir Kinder dann auch nicht und so lachten wir herzlich über die Blumenvase-Geschichte, die uns mehr als unwahrscheinlich vorkam (mittlerweile, in Bayern gelandet, lache ich natürlich über das unwissende Kind von damals).

Anderen Erzählungen zufolge hieß es, Deutsche würden ihre Kinder einfach ins Wasser werfen, damit sie das Schwimmen lernen konnten. Hier wuchs die Faszination von uns italienischen Kindern gegenüber diesem fremden Volk natürlich ins Unermessliche (bei dieser dramatischen Vorstellung trauten wir uns nicht einmal, die Geschichte anzuzweifeln).
Schließlich hatten wir unsereins Mütter, die mit der Stoppuhr mindestens drei Stunden nach dem Essen warteten, bis sie uns, mit Schwimmflügeln, Schwimmreifen, Käppi und Gummisandalen und mit tausend Ermahnungen ausgestattet ins seichte Wasser schickten. Selbst als Kinder kamen uns die Vorsichtsmaßnahmen unserer Mütter irgendwie übertrieben vor.
Jetzt aber die Deutschen: Sie warfen ihre Kinder einfach ins Wasser, um ihnen das Schwimmen beizubringen! Wie mutig, wie stark und vor allem: was hatten diese Teutonen doch für ein Vertrauen in ihre Kinder! Das fand ich toll, das wollte ich auch.
Auf der anderen Seite wiesen unsere lieben Besucher aus Deutschland auch unverzeihliche und für uns unverständliche Mängel auf. So behauptete mein Onkel steif und fest, dass er einmal in einem Restaurant von einem Pärchen angesprochen wurde, das komplett ratlos vor einem Teller Spaghetti saß. Jetzt muss man dazu sagen, dass mein Onkel zu

denjenigen Italienern gehört, die zum Verzehren von Spaghetti Gabel **und** Löffel verwenden (ja, Sie haben richtig gelesen, die gibt es tatsächlich!). Die Verbreitung dieser Sitte in Deutschland verdanken wir also wahrscheinlich der damaligen Unterweisung der ersten Spaghetti-Touristen durch meinen Onkel Franco (während sich seine Jünger unberechtigterweise noch heute als Banausen beschimpfen lassen müssen).
Ein anderes Problem für uns Italiener war die deutsche Sprache: Die hörte sich für uns so an, als hätte jemand etwas verschluckt und würde dann verzweifelt versuchen, es aus seinem Hals wieder rauszubekommen (ungelogen!). Dennoch übte diese Sprache auf mich durch ihre harten Konsonanten und abenteuerlichen Buchstabenkombinationen einen gewissen Reiz aus. So kam es, dass ich mich in der Schule dazu entschloss, Deutsch als Fremdsprache zu wählen. Bei Freundinnen und Familienmitgliedern erntete ich für diese mutige, wenn auch in ihren Augen etwas merkwürdige, Entscheidung den größten Respekt. Wäre Französisch doch die leichtere und elegantere Lösung gewesen...
Meine Deutschlehrerin, la signora Becchi (wobei wir sie unter uns nach italienischer Art nur „la Becchi“ nannten und zu ihr „profe“ sagten), war eine kleine

und stämmige Frau mittleren Alters, die wahrscheinlich keinen Schönheitswettbewerb gewonnen hätte (wenn sie je auf den Gedanken gekommen wäre, an einem teilzunehmen, was ich aufgrund ihres ausgeprägten Sinnes fürs Pragmatische stark bezweifle). Das, was ihr an äußerlichen Reizen fehlte, kompensierte unsere profe allerdings durch ein sympathisches Wesen und die Liebe zur deutschen Sprache. Dass sie so sympathisch war und ihren Beruf mochte, unterschied sie erstens von den meisten ihrer Kollegen, und führte zweitens dazu, dass wir Kinder sehr bald ebenfalls Gefallen am Erlernen der deutschen Sprache fanden. An dieser Stelle nehme ich die Gelegenheit wahr, um loszuwerden, dass ich mich mit Mathe, Physik, Italienisch und technischem Zeichnen nie anfreunden konnte (*chi ha orecchie per intendere intenda...*)[19].

Frau Becchi hatte einen einzigen Fehler: Sie sprach die harten, deutschen Worte dermaßen leidenschaftlich und voller Inbrunst aus – vor allem diejenigen, die mit „sp" anfingen – dass die Schüler

---

[19] Chi ha orecchie per intendere intenda: Italienisches Sprichwort. Wörtlich übersetzt heißt es: Wer hat Ohren um zu hören, der soll hören. Das verwendet man, wie in diesem Fall, wenn man eine indirekte Botschaft für jemanden ausspricht.

in der ersten Reihe sich gegen ihre Spucketröpfchen mit ihren Heften schützen mussten.
Durch diese überwiegend positiven Erinnerungen, die ich auch dank la signora Becchi mit dem deutschen Volk verband, beschloss ich während des Studiums ein Auslandsjahr in Deutschland zu verbringen, um meinen Horizont zu erweitern. Der Zufall wollte, dass ich nach Norddeutschland kam und eine ewig verregnete Studentenstadt meine neue Heimat nennen konnte.
Obwohl ich es bereits geahnt hatte, war der Unterschied zwischen der deutschen und der italienischen Kultur vor Ort noch größer als ich gedacht hatte. Die Kulturen hatten noch nicht wirklich angefangen sich zu vermischen und voneinander zu lernen, der Euro und die Europäische Union waren noch Zukunftsmusik.
Und das war die Situation damals in Deutschland: In Supermärkten fand man keinen Mozzarella, keinen Parmesan, keine tiefgefrorene Pizza. Spaghetti gab es nur in der Fertig-Packung, zusammen mit zweifelhafter Tomatensoße und noch zweifelhafterem geriebenem Käse. Ravioli gab es nur in der Dose und sie waren definitiv nicht ‚al dente'. Die Holzofen-Pizza hatte es noch nicht über die Alpen geschafft und das, was die italienischen Pizzaioli in Deutschland ein bisschen verschämt servierten, war

eine exakt runde, dicke Pfannen-Pizza aus dem elektrischen Ofen.
Der Straßenverkehr bestätigte aus meiner Sicht die Regelkonformität der Deutschen, nämlich: Was die Deutschen machen, machen sie richtig. Die deutschen Autos sind die zuverlässigsten, die Regeln werden eingehalten, die Pünktlichkeit der öffentlichen Verkehrsmittel ist geradezu sprichwörtlich.
Das gilt allerdings auch für die damalige Mode.
Rein modisch stellten die 80er den größten Fehlgriff des zwanzigsten Jahrhunderts dar und das in mehr oder weniger allen Ländern dieses Planeten.
Die Problematik der Mode in jenen berüchtigten Zeiten beruhte aus meiner Sicht auf ähnlichen Gründen wie die Geschichte ‚des Kaisers neue Kleider'. Im Grunde hat jeder von uns in seinem tiefsten Inneren gewusst, dass der damals herrschende Stil nur einer vorübergehenden Fehlempfindung der Sinne entsprungen sein konnte.
Nur traute sich keiner, offen seine Bedenken darzulegen; natürlich aus Angst als Banause da zu stehen.
Ich für meinen Teil konnte mich in meinem elektrisch-blauen Overall mit extra Schulterpolstern und breitem Taillengürtel nie richtig wohlfühlen. Und auch den moonwashed Jeans mit dazu passender

Jacke in XXL stand ich recht skeptisch gegenüber. Ich meine: Man hat die Sachen ja angezogen – es blieb einem schließlich nichts anderes übrig – aber richtig gut sah einfach niemand darin aus. Und das wusste auch jeder, davon bin ich überzeugt.
Während Italiener jedoch immerhin einen gewissen Stil bewahrten, schienen die Deutschen in den 80er Jahren ihren Sinn für das Schöne komplett über Bord geworfen zu haben. Schließlich war das deutsche Volk in der Vergangenheit durchaus zu Schönheit fähig gewesen, nehmen wir zum Beispiel den Kölner Dom oder Goethe.
Kaum diktierte die Mode einen lässigen und lockeren Stil, den berühmten *casual,* schon setzten die Deutschen ihn 100%ig um. Übergroße und unförmige T-Shirts wurden in den Hosenbund gestopft, der sich unmittelbar unter der letzten Rippe befand. Die Jeans, es gab damals fast keinen anderen Hosenstoff, hatten die unwahrscheinlichsten Farben und betonten durch ihre schmal-breit-schmal-Form unvorteilhaft die Hüften und den Hintern. Dadurch, dass die Hosenbeine an den Fesseln schmal endeten, hatte man einen freien Blick auf die meist weißen Tennissocken, die, im schlimmsten Fall, in sogenannten Jesuslatschen steckten. Bei den Männern vervollständigten Blousons in Okker oder Magenta das Outfit.

Der stilbewusste deutsche 80er Jahre-Mann hatte außerdem einen schmalen Schnauzbart und eine gepflegte Voku-Hila-Frisur. Die emanzipierten deutschen Frauen, zumindest diejenigen, die ich kannte, trugen häufig keinen BH und ließen gerne die Beinhaare sprießen. Aber während wir Italienerinnen ohne BH und mit behaarten Beinen vor Scham in Boden versunken wären, schienen die Deutschen gar kein Problem damit zu haben. Baumelnde Brüste und zentimeterlange Beinhaare wurden gerne und ungeniert zur Schau gestellt. Zusätzlich ließen die damals trendigen großzügigen Ärmellöcher einen wunderbaren Einblick auf ihre ebenfalls naturbelassenen Achselhöhlen zu. Das Erstaunlichste dabei war die Reaktion der Männer. Sie schienen gegen diese unberührte und fast animalische Weiblichkeit nichts einzuwenden. Ein Bekannter von mir behauptete einmal sogar, das Herumlaufen ohne BH würde die Brustmuskulatur im Grunde sogar stärken, da sie sich dann bewusst sei (die Muskulatur), dass sie alleine den Kampf gegen die Schwerkraft bestreiten müsse. Unnötig, ihm zu erklären, dass Muskulatur erstens über kein Bewusstsein verfügt und, zweitens, speziell Brustmuskulatur dazu neigt, solche Kämpfe über kurz oder lang zu verlieren.

Das war also das äußere Bild, das sich mir bei meinem ersten Deutschland-Aufenthalt präsentierte. Doch auch die Innenwelt dieses Volks hielt Überraschungen bereit.
Zu den deutschen Frauen und ihrem Selbstbewusstsein sei folgendes gesagt: Für mich, zur Demut erzogenen, schüchternen und zurückhaltenden jungen Italienerin, waren sie schlicht und einfach überwältigend. Ich war voller Bewunderung für ihre Schlagfertigkeit, ihre lockere Art, ihr technisches Verständnis. Während sich diese Frauen hier über Computer und Autos unterhielten, war meine Freundin in Italien noch nicht mal in der Lage, selbst zu tanken und fuhr kilometerlange Umwege, um eine Tankstelle mit Tankwart zu finden oder überließ es gleich ihrem Vater.
Hier ein typisches Gespräch, dem ich am Anfang meines deutschen Aufenthalts mit vor Ungläubigkeit offen stehendem Mund beiwohnen durfte:
„Warst du heute beim Seminar?"
„Nein, ich musste meine Reifen wechseln" (aus ökologischen Gründen wahrscheinlich hier gemeint: „Die Reifen meines Fahrrads").
„Ach ja, das müsste ich auch mal machen. Übrigens: Ich habe mir einen Computer gekauft"
„Welchen? Den Atari oder einen 386er?"

„Den 386er. Er hat einfach eine größere Speicherkapazität....“
Dasselbe Gespräch wäre in Italien etwa folgendermaßen verlaufen:
„Warst du heute beim Seminar?“, fragt Mara.
„Nein, ich musste zur Kosmetikerin“, antwortet Luisa.
„Bei welcher? Doch nicht bei der vom letzten Mal?“
„Nein, ich habe sie gewechselt, ich bin wieder bei der alten“
„Übrigens: Ich habe mir eine Stone-Island-Jeans gekauft“
Und so weiter und so fort.
Nicht, dass Italienerinnen grundsätzlich oberflächlicher wären. Der Besuch bei der Kosmetikerin ist in Italien jedoch seit Menschengedenken ein Muss im Kalender jeder Frau. Diese Tradition wird von Generation zu Generation weitergegeben und selten in Frage gestellt. Oft hat Frau über Jahre immer dieselbe Kosmetikerin, bei der auch ihre Mutter war und eines Tages ihre Tochter sein wird (wenn die Kosmetikerin nicht zwischenzeitlich an Altersschwäche gestorben oder in Würde erblindet ist).
Der Gang zur Kosmetikerin ist in Italien eine (auch von den Männern) allgemein akzeptierte Notwendigkeit und wird teilweise zu einer

Massenveranstaltung. Ende Juli ist es einfacher einen Parkplatz in der Nähe des Mailänder Doms als einen freien Termin bei der Kosmetikerin zu bekommen. Die Tradition will nämlich, dass sich alle italienische Frauen ab Mitte Juli die Beinhaare mit heißem Wachs entfernen lassen, als Vorbereitung auf den Urlaub, der ja bekanntlich für alle Italiener im August stattfindet.

Auch im Bezug auf die Sexualität waren meine neuen deutschen Freundinnen unendlich freizügig. Katrin war ein Paradebeispiel, wie ich im Verlauf unserer Freundschaft feststellen musste.

Als ich Katrin kennenlernte, saß sie im Vorhof des Vorlesungssaals und gähnte vor sich hin. In der Hand hielt sie eine Tasse Kaffee und sonst nichts (damals gab es noch keine Handys, sonst hätte sie mit Sicherheit mit der anderen Hand gelangweilt auf der Tastatur eines solchen herumgedrückt. Sie war eben nur so cool, wie die Zeiten es erlaubten). Mit ihren glatten, fast weißen Haaren und den hellen Augen sah sie für mich wie die typische hübsche Deutsche aus.

„Musst du da rein?“, fragte sie mich nach einer kurzen Musterung.

„Ja, zur Biochemie-Vorlesung“, antwortete ich aufgrund des langen zusammengesetzten Wortes nicht gerade flüssig.

„Wo kommst du her?“, fragte Katrin auf einmal interessiert und hellwach, meinen damals noch starken Akzent nicht richtig einordnen könnend.
„Äh, aus Italien“, antwortete ich unsicher, da ich ja nicht wusste, ob das in ihren Augen gut oder schlecht war.
In Norddeutschland fand man damals Italiener entweder in Pizzerie[20] oder in Eisdielen, jedoch selten in einem Biochemie-Vorlesungssaal.
Katrin war dementsprechend überrascht.
„Bist du mit deiner Familie hier?“ fragte nun Katrin, die wahrscheinlich schon die Möglichkeit witterte, ihr spärliches Studentenbudget durch kostenlose Pizza oder zumindest Eis zu entlasten. Schließlich müssen Studenten ihr ohnehin knapp bemessenes Haushaltsgeld für Wichtigeres als Essen zusammenhalten, etwa fürs Trinken.
„Nein, ich bin alleine gekommen, zum Studium“, zeigte ich mit einer unbestimmten Kopfbewegung auf den Vorlesungssaal, der sich langsam aber sicher mit Studenten füllte. Interessant: In Mailand, wo ich sonst studierte, ergaben zusammengesteckte Studentenköpfe ein Farbspektrum von mittelbraun bis schwarz und alle, aber wirklich alle, kamen ohne Probleme durch die Tür in den Vorlesungssaal. Hier

---

[20] Pizzerie: Es handelt sich um die korrekte Mehrzahl von Pizzeria und schreibt sich auf Italienisch natürlich klein.

hingegen war die dunkelste Haarfarbe blond (zumindest aus meiner damaligen Sicht) und einige Männer waren so groß, dass sie den Kopf einziehen mussten, wenn sie nicht gegen den oberen Türrahmen knallen wollten.
Durch diese Beobachtungen abgelenkt, merkte ich nicht, wie Katrin aufgestanden war und mit der Bemerkung „ Ach ja, ihr habt in Italien bestimmt keine Unis“ in der Masse verschwand, wodurch sich die Farbmischung der Köpfe noch ein wenig aufhellte.

*

Die Vorlesungen verliefen in Deutschland ganz anders als in Italien. In Mailand war ich es gewohnt, dass der ‚professore‘, von einer oder zwei Assistentinnen begleitet und mit der Aura eines Nobel-Preisträgers, in den bereits gefüllten Vorlesungssaal schritt und vor den Studenten wie ein Filmstar auf dem roten Teppich bis zu seinem Pult flanierte. Etwas irritiert (wahrscheinlich über die fehlenden Standing Ovations und Autogramm-Anfragen) schaute er erst mal in die Runde und begann mit seinen gefürchteten Fragen. Unser professore schien nämlich sein Wissen und seine Überlegenheit dadurch unterstreichen zu wollen, dass er die Ignoranz seiner Studenten öffentlich zur Schau stellte. Mit einem Mikrophon ausgestattet, das er dann unter die Nase der unglücklichen

ausgewählten Studentin hielt, wollte er dann etwa von ihr wissen, wie die Bildunterschrift auf Seite 65 des von ihm verfassten Biochemie-Buchs lautete. Die arme Studentin lief in der Regel knallrot an, während im Hintergrund panisches Getuschel und das hektische Blättern von Buchseiten zu hören war.
Nur: Im Gegensatz zum Unterricht von la Becchi, wo man in den ersten Reihen ihrer Spucke unausweichlich ausgeliefert war, konnte man sich an der Uni zum Glück seinen Sitzplatz aussuchen. Das Gedränge und die Kämpfe um die Plätze in der letzten Reihe waren gnadenlos und endeten nicht selten in Tränen. Leider stellte diese Maßnahme auch keine sichere Rettung dar, denn unser professore, der wahrscheinlich kein Nobelpreisträger, aber sicherlich auch nicht dumm war, schickte seine eilfertigen Assistentinnen mit dem Mikrophon durch den Saal, um uns Normalsterbliche am Ende doch zu stellen und schamlos zu demütigen.
Zur Vorlesung pflegte der Dozent einen strahlendweißen Laborkittel zu tragen, unter dem eine dunkle Anzughose und auf Glanz polierte Schuhe hervorschauten. Besagter Kittel sollte dezent andeuten, der große Wissenschaftler wäre aus einem menschheitsrettenden Experiment weggeholt worden, das ihm gigantischen Ruhm und mindestens

ein Porträt in der Uni-Galerie einbringen wird. In Wirklichkeit wussten wir, dass der professore ihn immer erst kurz vor einer Vorlesung anzog (daher strahlendweiß).
Seine Assistentinnen waren alle weiblich und sahen ausnahmslos aus wie Topmodels. Ohne jemanden zu nahe treten zu wollen, fand ich es auch schon damals aus rein statistischen Gründen unwahrscheinlich, dass das purer Zufall war und fand es unerhört, wie jemand seine Position ausnutzte, um seinen sexistischen Vorstellungen zu frönen. Mittlerweile, nachdem solche Vorstellungen in Italien durchaus auch auf deutlich höher Ebene problemlos und unbestraft ausgelebt wurden, nimmt meine Empörung eher resignierte Züge an.
Nun war ich aber in meiner ersten deutschen Vorlesung und das Bild war ein ganz anderes. Der Dozent saß, in Jeans und T-Shirt und von ein paar Studenten und Studentinnen umringt, ganz lässig auf dem Tisch und ließ die Beine gemütlich baumeln. Von Kittel und blankpolierten Schuhen war weit und breit keine Spur. Stattdessen trug mein neuer professore praktische Jesuslatschen, die in einem Biologie-Vorlesungssaal durchaus ihre Berechtigung hatten und im Gesamtbild nicht weiter störten. Ich schaute mich auf der Suche nach seinen Assistentinnen im Raum um, fand jedoch nur einen

struppigen und ziemlich schmutzigen Köter, der unter dem Lesepult alle viere von sich gestreckt hatte und sich hier ziemlich heimisch zu fühlen schien. Eine Studentin saß neben ihm und fütterte ihn mit Keksen.
Vom lässigen Klima angesteckt und von der Tatsache begeistert, dass ich überhaupt so nah an einen Dozenten kam, lungerte ich in seiner Nähe herum und versuchte der Unterhaltung zu folgen.
„Das nächste Mal versuchen wir es mit Gin. Ich habe gehört, von Gin bekommt man keinen Kater“, sagte eine Studentin.
„Ja, klar, das hast du das letzte Mal über Tequila auch gesagt“, spottete der junge Mann in der Runde.
„Aber nur, weil wir ihn mit Zimt und Orange anstatt mit Salz und Zitrone getrunken haben“, wehrte sich die junge Frau.
„Und wie sieht es mit dir aus, Robert?“, fragte sie den Dozenten.
„Also, ich bleibe beim Bier, sicher ist sicher“, lachte er und klatschte in die Hände um mit der Vorlesung zu beginnen.
Ich begab mich begeistert auf meinen Platz und sinnierte vor mich hin: Nicht nur hatten Professoren hier keine Starallüren und gottesähnlichen Status. Man duzte sie einfach und ging abends mit ihnen

eins trinken. Es war so ganz anders als ich es kannte und noch besser als ich gehofft hatte.
Ich freute mich ganz unbändig darauf, noch mehr über meine neue Heimat zu erfahren.
Katrin sah ich von nun an fast jeden Morgen vor dem Vorlesungssaal. Sie schien kein großes Interesse an einer näheren Bekanntschaft mit mir zu haben, denn sie schaute immer müde und gelangweilt in der Gegend herum und schenkte mir keine weitere Beachtung. Besser gesagt: Sie schien mich noch nicht mal zu sehen, geschweige denn wieder zu erkennen! Nun, Italiener waren auf jeden Fall verbindlicher, dachte ich bei mir. Dafür strotzten diese deutschen Studentinnen und Studenten nur so vor Selbstbewusstsein. Davon konnte ich mir eine dicke Scheibe abschneiden. Ein paar Tage zuvor hatte ich mich mit einigen meiner Kommilitoninnen in der sogenannten Studenten-Fachschaft wiedergefunden, wo sich jeder in der großen Runde vorstellen durfte. Ob Sie es glauben oder nicht, ich hatte so etwas vorher noch nie gemacht. In Italien wird der zwischenmenschliche Austausch viel lockerer und deutlich weniger formell gehandhabt. Meistens kommt man zufällig ins Gespräch und unterhält sich eine ganze Weile, bevor einem der Gegenüber nach dem Namen fragte – oder aber auch nicht. Meine Mutter zum Beispiel: Den ganzen Vormittag kann sie

sich mit wildfremden Menschen auf der Straße oder auf dem Wochenmarkt unterhalten, ohne dass sie oder die Gesprächspartnerin auf den Gedanken kommen würden, Namen auszutauschen. Persönliche Fragen wie „Sind Sie nicht die Nachbarin meiner Schwägerin?“ oder „Kann es sein, dass ich Sie letzte Woche bei der Beerdigung von Beppe gesehen habe?“ werden dann nur gestellt, um die nette, unverbindliche Plauderei aufrechtzuerhalten. Natürlich sind nicht alle Italienerinnen wie meine Mutter, Ausnahmen gibt es immer und prinzipiell sollte man nichts verallgemeinern. Aber zurück zur Fachschaft: Während diese Studenten sehr strukturiert und souverän der Reihe nach das Wesentliche über sich erzählten, brach mir der kalte Schweiß aus. Was würde ich sagen? Und wie? Man würde meinen Akzent zweifellos hören und überhaupt: Das hier war überhaupt nicht locker und unverbindlich, es war sogar ziemlich steif und formell, das war ich nicht gewohnt! Wenn es Ihnen nicht zu viel ausmacht, würde ich an dieser Stelle die Beschreibung meiner Wortmeldung überspringen, es sei denn Sie legen Wert auf peinliche Details wie zittrige Stimme, staubtrockenen Mund und skurrile Übersprungshandlungen, aber ich gehe davon aus, das ist nicht der Fall.

Durch dieses Erlebnis und Katrins Kaltschnäuzigkeit frustriert, entschloss ich ein paar Tage später, die Flucht nach vorne zu ergreifen.
Mit entschlossener Miene und möglichst viel Selbstbewusstsein, näherte ich mich Katrin, die wie immer auf der Sitzbank vor dem Vorlesungssaal herumlungerte.
„Also, wenn du es ganz genau wissen willst: In Italien gibt es nicht nur eine, sondern einundsechzig Universitäten, ich wiederhole: einundsechzig! Und das sind nur die staatlichen! Außerdem, ebenfalls zu deiner Information, findet die Institution der Universität ihren Ursprung in...in...rate mal...falsch, ITALIEN! HA! Mit der Universität in Bologna 1317! Wir sind nämlich nicht alle pizzaioli!“.
Das war in etwa, wie ich mir meinen Einsatz vorgestellt hatte. Das, was rauskam, war wahrscheinlich nicht ganz so flüssig und souverän.
Katrin schaute irritiert auf und murmelte:
„Sorry, ich habe meine Kontaktlinsen nicht drinnen. Ich habe heute Nacht bei meinem Ex-Freund übernachtet und die Reservelinsen habe ich bei meinem Freund! Bist du die Italienerin?“, fragte sie und haute mich damit um. Ich hatte eindeutig keine bella figura gemacht, eher eine große figura di

merda[21]! Und das war der Beginn unserer tollen Freundschaft.
Später erklärte mir Katrin, dass sie zwar einen Freund hatte, aber immer noch an ihrem Ex-Freund hing. Deswegen pflegte sie die Nächte bei ihrem Verflossenen zu verbringen, der zwar keine feste Beziehung mehr wollte, aber im Prinzip nichts gegen unverbindlichen Sex hatte, während ihr Freund zu Hause brav auf sie wartete. Dadurch, dass sich diese Nächte eher zufällig ergaben, hatte Katrin, die blind wie ein Maulwurf war und Tageslinsen verwendete, nie neue Linsen zum Wechseln dabei und so musste sie sich durch den nächsten Tag mit ihrer natürlichen, nicht vorhandenen Sehkraft durchschlagen (zum Brillentragen war sie nämlich zu eitel).
Natürlich war ich über ihre sexuelle Freizügigkeit schockiert, aber, weil ich nicht unangenehm auffallen wollte und ich mir fest vorgenommen hatte, mich zu emanzipieren, nickte ich bei ihren Erzählungen ganz lässig und tat so, als wäre es die normalste Sache der Welt. Meine Oma hätte einen Herzinfarkt bekommen.
„Sag mal Katrin“, fragte ich jetzt meine Freundin, die neben mir auf dem Sofa lümmelte, „wie ging es

---

[21] Genau das, was Sie jetzt denken.

damals mit Deinem ehemaligen Freund weiter, von dem du die Finger nicht lassen konntest?"
„Ich hatte herausgefunden, dass er auch seine Finger von seiner ehemaligen Freundin nicht lassen konnte, und das war mir dann doch zu blöd!", lachte Katrin, die im Moment Single und glücklich war.
„Aber was hat Deine Mutter zu dieser Dreiecks-Beziehung gesagt?", fragte ich sie, weil ich wusste, dass Katrin mit ihrer Mutter über alles reden konnte.
„Natürlich fand sie es nicht toll, dass ich Roland mit Stephan betrog, aber sie hat mir gesagt, ich soll machen, was ich für richtig halte!", grinste Katrin und wirkte überaus zufrieden.
Ich hatte es geahnt, ich hätte nicht fragen sollen.

Capitolo tre – Cambiamenti (Änderungen)

„Nonna“, schrie ich wieder einmal ins Telefon.
„Schrei nicht so, ich bin nicht taub“, kam von meiner Oma mindestens so laut zurück.
Stimmt, dachte ich, der Taube in der Familie war mein Opa und der ging naturgemäß nie ans Telefon. Heute war ich nicht auf der Suche nach Bestätigung. Dafür wäre meine Oma sowieso nicht die richtige Adresse gewesen und Ginos Projektverlauf hatte mich in ein momentanes Stimmungshoch versetzt. Nein, mein Anruf hatte mit Ilarias Flecken zu tun, die ihre anzügliche Stellung auf meinem Tisch immer noch nicht aufgegeben hatten.
„Nonna, wie entferne ich am besten Filzstift von einem Holztisch?“, fragte ich meine Oma, die zwar einen denkbar schlechten Charakter hat, aber über einen beachtlichen Schatz an richtig guten Hausfrauentipps verfügt.
„Deine Schwester war vorhin da“, teilte mir meine Oma darauf hin mit, wie immer das Thema knapp verfehlend.
„Aha, interessant, und was sagt sie?“, fragte ich nur mäßig interessiert.

„Mit den zwei Kindern halt“, fügte sie schmallippig hinzu (die schmalen Lippen konnte ich zwar nicht sehen, aber mir bestens vorstellen).
„Äh, ja, Oma...wegen des Filzstifts...“, versuchte ich kläglich wieder auf das Thema zurückzukommen.
„Ihr Pseudo-Ehemann[22] hat unten gewartet“, sagte sie jetzt und betonte dabei das Wort ‚Pseudo‘.
Kein Wunder, dachte ich. Jedes Mal, wenn der arme Kerl sich in die Gefilde meiner Oma traut, muss er sich lange Standpauken zum Thema ‚Wen man schwängert, den muss man auch heiraten‘ anhören. Armer Luca.
Auch wenn ich jetzt das Risiko eingehe, ungläubiges Augenbrauenheben bei Ihnen hervorzurufen, ist meine Oma, wie auch der Rest unserer Familie, keine gläubige Katholikin. Ganz im Gegenteil: Genau genommen gehören wir zu der anderen, nicht religiösen Fraktion Italiens. Bis vor zwanzig Jahren war mein schönes Land politisch zwei geteilt. Auf der einen Seite waren die konservativen, katholischen und gutbürgerlichen *benpensanti*[23]*,* Wähler der *Democrazia Cristiana (D.C.),* und auf der anderen Seite die *comunisti,* Wähler des *Partito Comunista*

---

[22] Wörtlich sagte meine nonna „specie di marito“, „eine Art Ehemann“,

[23] Benpensanti: wörtlich die„Gutdenkenden“. Es bedeutet so viel wie Bourgeoisie.

Italiano (P.C.I.). Unter den *comunisti* waren all Jene versammelt, die hohe Ideale wie soziale Gerechtigkeit, Chancengleichheit und Umverteilung des Reichtums pflegten. Intellektuelle, Künstler, Lehrer und viele arme Schweine waren damals comunisti. Gerade die armen Schweine, von Natur aus pragmatisch eingestellt und von harten Lebensbedingungen gebeutelt, waren im Allgemeinen nicht geneigt, eine Kirche zu betreten, repräsentierte der Priester meist jene gutbürgerliche Schicht, die die comunisti verabscheuten, und war außerdem der Kirchenvertreter häufig selbst ein verhasster D.C.-Wähler. Für diejenigen unter Ihnen, die die Filme von ‚Peppone e Don Camillo' gesehen haben, müsste die Situation klar sein. Den anderen lege ich das Anschauen dieser Klassiker wärmstens ans Herz.
Jedenfalls werden Sie erraten haben, dass meine Familie zu jenen Idealisten gehörten, die die Welt verbessern wollten. Nachrichten über die Situation in der DDR schienen in Italien nicht anzukommen und so hatten meine Verwandten, wie Millionen anderer Italiener auch, kein Problem damit, sich offen zur kommunistischen Ideologie zu bekennen.
Meine Oma ist also eindeutig nicht eine jener älteren Damen, die morgens um sieben mit einem Gebetbuch und einem schwarzen Spitzen-Kopftuch

ausgestattet zur Frühmesse eilen. Genaugenommen lehnt sie um dieselbe Uhrzeit am Fensterbrett und schimpft leise über eben diese frommen D.C.-Wählerinnen vor sich hin. Später am Tag zählt sie immer geringschätzig auf, wen sie Richtung Kirche hat vorbeigehen sehen, als wäre das eine Todsünde. Der Vollständigkeit halber möchte ich noch ein paar Worte zum weiteren Schicksal der kommunistischen Ideologie in Italien hinzufügen: nach dem Fall der Mauer und entsprechenden Berichten von Opfern, brach für meine Großeltern (und nicht nur für sie) eine Welt zusammen. Die DDR war für sie wie die Realisierung ihrer Träume gewesen. Nie im Leben hätten sie sich vorstellen können, dass die Leute lieber in der Hölle geschmort hätten als einen Tag länger hinter dem eisernen Vorhang zu verbringen. Mit feuchten Augen und komplett fassungslos sahen mein Opa und meine Oma tagelang vor dem Fernseher zu, wie die Ossis Hammer und Sichel dazu verwendeten, die verhasste Mauer zu zerstören. Trotz allem blieben die grundsätzliche politische Einstellung meiner Familie im Allgemeinen und ihre Abneigung gegen den Klerus im Besonderen weiter bestehen.

Und trotzdem: Obwohl die Kirche in unserer Familie keinen hohen Stellenwert hat, ist meine Oma unverkennbar eine Italienerin der älteren

Generation, also nicht gerade fortschrittlich und auf keinen Fall gewillt, außereheliche Zeugungen zu akzeptieren. Deshalb musste Luca, der die Frechheit besessen hatte, meine Schwester nicht einmal, sondern gleich zweimal ohne Trauschein zu schwängern, immer unten vor der Tür warten.
Weil an jenem Tag von meiner Oma scheinbar nichts außer moralischen Vorhaltungen zu holen und ich alles andere als die heilige Maria war und somit ebenfalls prinzipiell in Omas Schusslinie stand, legte ich schnell auf. Das Telefonat hätte ich mir auch sparen können. Zwar wusste ich jetzt, dass mein Pseudo-Schwager immer noch Angst vor meiner Oma hatte, aber ich kannte immer noch kein Mittel gegen einäugige Banditen. Immerhin konnte ich das Kunstwerk vorübergehend unter einer Obstschale verstecken, denn Martin durfte es nicht sehen. Er behauptete immer, ich wäre eine hoffnungslose Chaotin und ich wollte ihm keinesfalls neues Futter für seine Anschuldigungen liefern.
Jetzt musste ich mich aber beeilen, denn ich wurde auch heute an meinem Arbeitsplatz sehnsüchtig erwartet.
Häufig fragten mich die Leute, wie ich ein so wunderbares Land wie Italien verlassen konnte, um ins kalte Deutschland zu ziehen. An Tagen wie heute, wenn sich Mitte März die Säule des Thermometers

weigert, den zweistelligen Minusbereich zu verlassen, frage ich mich das selbst auch immer wieder.
Mit quietschenden Reifen fuhr ich um die Kurve und parkte in der letzten freien Parkbucht vor dem Firmengebäude. Ein schneller Blick in den Rückspiegel bestätigte meine Vermutung, dass meine Maskara verschmiert und mein Teint fleckig war. Aber Zeit für Retouchierarbeit hatte ich keine. Das Biest wartete bestimmt schon.
Oben angekommen wollte ich mich gerade in mein Büro schleichen als es von hinten tönte:
„Na, hat die Italiener die Weg zur Arbeit doch gefunden?"
Das Biest. Das niederländische Biest. Es hatte mich doch erwischt.
Ich drehte mich um und blickte in das unappetitliche, rotbackige, zähnefletschende Gesicht meines Bosses. Für einen kurzen Moment musste ich die Augen schließen, das war ich mir schuldig. Herr Thiess trug heute eine graue Hose aus Tweed mit kleinem Karomuster, ein grünliches Jackett mit großen Karos und ein blass-gelbes Streifenhemd, das sich über dem Bauch spannte und durch die auseinanderklaffenden Knöpfe den Blick auf das feingerippte Unterhemd freigab. Eine kackbraune Krawatte aus den 70ern, die er zweifellos im

hintersten Eck seines Schranks gefunden haben musste, vervollständigte das Outfit.
„Guten Morgen, Herr Thiess“, würgte ich heraus.“ Heute so elegant?“
Die Miene meines Bosses hellte sich augenblicklich auf.
„Gefällt's *Sie*?“, und wartete zum Glück nicht auf meine Antwort.
„Von einer *Italiener* gesagt, ist das *eine* Kompliment“, fuhr er lächelnd fort und leckte sich dabei die Lippen.
Ich musste eine Welle der Übelkeit unterdrücken.
„*Habe* Sie die Präsentation fertig?“, setzte er jedoch sofort mit seinem forschen Blick und ohne die Spur eines Lächelns nach.
„Die schicke ich Ihnen gleich, ich muss nur noch schnell etwas formatieren“, sagte ich und entzog mich seinen stechenden Augen und seiner originellen Aufmachung.
Im Büro saß bereits Petra, die netteste Kollegin, die man sich überhaupt vorstellen kann und telefonierte.
„Nein, Frau Hohenbecker[24], das hatte ich Ihnen bereits letztes Mal gesagt. Wenn Sie sich übergeben haben, direkt nachdem Sie die Pille eingenommen haben, müssen Sie zusätzliche Maßnahmen zur Verhütung treffen“, sagte sie geduldig und winkte mir mit der freien Hand zur Begrüßung zu.

---

[24] Name geändert

Ich konnte nicht verstehen, wie Petra es schaffte, bei all diesen minderbemittelten Anfragen die Geduld zu bewahren. Sie war zu jedem nett und ich meine wirklich ZU JEDEM, auch zu Frau Hohenbecker, die ungefähr einmal wöchentlich anrief, um ihr ihre Missgeschicke in Sachen Verhütung zu erzählen und um sich Rat zu holen. „Nein, das ist mit Sicherheit KEINE geeignete Maßnahme, Frau Hohenbecker“, antwortete jetzt Petra und rollte die Augen zum Himmel.
Ich wollte lieber nicht wissen, was Frau Hohenbecker vorgeschlagen hatte. Wenn man wie ich in der pharmazeutischen Industrie arbeitet und dort vor allem für Verhütungsmittel zuständig ist, dann erlebt man schon einiges. Die besten Geschichten schrieben wir auf und lasen sie uns in schlechten Zeiten zur Aufmunterung vor, natürlich anonymisiert. Das Problem von Frau Hohenbecker war, dass ihr ständig Fehler bei der Einnahme der Pille unterliefen. Sie werden sich vielleicht fragen, wie viele Fehler man bei der Pilleneinnahme machen kann. Eine Menge! Wir konnten es auch nicht glauben, aber die Frau war wirklich kreativ. Jedenfalls gelang es meiner Kollegin irgendwann, sie zu überzeugen, zu einem Verhütungsmittel zu wechseln, an das man nur alle fünf Jahre denken musste. Von da an hörten die Anrufe auf. Den Namen der Kundin weiß ich heute

noch, da er auch bei mehreren Weihnachtsfeiern zur allgemeinen Erheiterung beitrug. Wir hatten sogar überlegt, sie als Testimonial für unser idiotensicheres Verhütungsmittel einzusetzen, dafür war sie einfach wie geschaffen!

„Petra“, flüsterte ich geheimnisvoll über die Schreibtische hinweg, sobald sie aufgelegt hatte.

„Du kannst dir nicht vorstellen, was Frau Hohenbecker unternehmen wollte, um nicht schwanger zu werden“, teilte mir Petra fassungslos mit.

„Interessiert mich nicht, hör mal zu!“, raunte ich und blickte mich um, um sicherzustellen, dass wir wirklich alleine waren.

„Ich mach das nicht mehr lange“, platzte ich heraus.

„Was fehlt dir denn?“, fragte sie besorgt.

„Nichts!“. Ich rollte mit den Augen, denn ich konnte nicht glauben, dass sie das wirklich gefragt hatte.

„Ich hatte vor einiger Zeit eine Geschäftsidee und ich glaube, es wird was! Noch ein paar Wochen und dann gehe ich schnurstracks zum Holli[25] und sage ihm, wo er sich sein blödes Verhütungsstäbchen hinstecken soll!“.

Petras Augen füllten sich mit Tränen. Sie war wirklich die netteste Kollegin der Welt.

---

[25] Holli: firmeninterne, wohlwollende Abkürzung für Niederländer

„Aber zumindest sag mir vorher Bescheid, ich will unbedingt dabei sein, wenn du es ihm sagst!“.
„Selbstverständlich, und Amelie kommt auch mit!“.
Amelie war bis vor kurzem für die Vermarktung der Spirale zuständig gewesen. Passenderweise war sie Anwenderin ihres eigenen Produkts, was alle unsere Außendienstmitarbeiter, die das Präparat bei den Ärzten bewerben mussten, wussten. Dafür hatte Herr Thiess gesorgt: Er meinte, es würde die Motivation der Leute ungemein steigern, wenn sie wussten, dass die Produktmanagerin hinter ihrem Produkt stand.
Leider wurde Amelie trotz Spirale schwanger und durfte seitdem nur langweilige Verwaltungsaufgaben verrichten. Herr Thiess war der Meinung es wäre schlechte Werbung, wenn gerade sie mit dickem Bauch vor den Außendienst träte. So ein Arsch! Mir hatte er mal gesagt, ich soll meinen italienischen Charme ausspielen, um die Außendienstler zu höheren Verkaufsleistungen zu motivieren, worauf ich ihm frech antwortete, sein holländischer Charme wäre schon genug, mehr vertrügen die Kollegen einfach nicht. Ich kam mir auch so schon vor wie eine Pharma-Hure.
Später am Tag trafen sich alle Produktmanager im großen Meeting-Raum um sich wegen schlechter Umsätze zusammenstauchen zu lassen. Es war eine

demütigende Veranstaltung. Der dicke Franz, der für die Wechseljahre-Präparate verantwortlich war, ordnete nervös seine Unterlagen immer wieder neu. Unter seinen Armen breiteten sich dicke Schweißränder aus. Sonja aus der Abteilung für Psychopharmaka wiederholte immer wieder leise vor sich hin: „Sorge dich nicht, lebe! Sorge dich nicht, lebe! Sorge dich nicht...“.
Nur der gutaussehende Matthias, der unsere Opiate vermarkten sollte, aber nicht wirklich dazu kam, denn er war immer im Urlaub oder ‚krank‘, war bester Laune. Insgeheim munkelte man, er wäre selbst sein bester Kunde, aber das waren natürlich nur böse Gerüchte. Herr Thiess saß mit einem sadistischen Grinsen am Kopfende des Konferenztisches und kratzte sich genüsslich am Bauch. Sein Handlanger, Detlef Schmidt, auch „das Zäpfchen“ genannt, stand neben ihm und bediente einen Beamer, aus dem gleich die Umsätze unserer Produkte unweigerlich den Weg auf die Projektionsfläche finden würden.
„Soooo...“, niederländerte das Biest, „dann *wolle* wir mal *sehe*, wer gleich *drankommet*“.
Alle zogen automatisch den Kopf ein, außer Matthias, der gerade vergnügt eine SMS in sein Handy eintippte.

Eine zackige Umsatzlinie, die eindeutig Richtung Null zielte und somit den Weg in die Hölle für den armen Produktmanager wies, erschien an der Wand. Alle atmeten erleichtert auf, außer Franz, dessen Schweißränder sich binnen Sekunden bis zum Hosenbund ausbreiteten. Der arme Franz hatte einfach Pech gehabt, er hatte Präparate erwischt, die aus verschiedenen und zum Teil berechtigten Gründen keiner mehr haben wollte. Das interessierte Herrn Thiess jedoch nicht die Bohne.

„Was *sage* Sie dazu, Herr Meier?", fragte das Biest jetzt gnadenlos.

„Naja", begann Franz zaghaft, „Vielleicht liegt es daran, dass neuere Studien gezeigt haben, die Präparate würden möglicherweise Brustkrebs hervorrufen?"

Das Grinsen auf Herrn Thiess dämlichem Gesicht verschwand.

„Das ist keine *Entschuldigen*!", schrie er, „Dann *mache* Sie Studien, die *die* Gegenteil *bewiese!"*, schlug er vollkommen irrational vor. Studien über pharmazeutische Präparate sind eine streng kontrollierte und reglementierte Angelegenheit und strecken sich über viele Jahre. Die Implementierung einer solchen Studie war vollkommen außerhalb des Machtradius eines Produktmanagers. Zum Glück, möchte ich noch hinzufügen.

Alle schauten ihn vollkommen verdattert an, selbst das Zäpfchen. Um zu vermeiden, dass er bald in eine Einrichtung mit weißen Kacheln und Gummiwänden landete, fügte er noch hinzu:
„Oder Sie *toupiere* die Ergebnisse, sagt man das so?“, fragte er verunsichert in die Runde. Das war das einzig Positive an Herrn Thiess. Durch sein mangelhaftes Deutsch brachte er uns trotz der allgemein schlechten Stimmung in schöner Regelmäßigkeit zum Lachen. Natürlich konnten wir das nicht offen zeigen und so verschwanden die Gesichter der Frauen jetzt in ihren Handtaschen und die Männer mussten sich ganz dringend die Nase putzen oder einen Hustenanfall unterdrücken. Matthias tippte einfach weiter, er hörte sowieso nicht zu.
Am Ende des Tages war ich mit einem glimpflichen „Wen *habe* wir denn da? Ach, die *Italiener!* Könnte besser *sei,* Frau Mellina...“ davongekommen zu sein. Sein Durst nach Blut war im Großen und Ganzen bereits gestillt. Trotzdem: Es war höchste Zeit für mich, neue Häfen anzusteuern.

*

Am nächsten Tag hatte ich mir frei genommen.
Wir mussten dringend am Gino-Projekt arbeiten.
Da Ilaria sowieso nichts zu tun hatte, war sie heute in der Agentur. Ilaria, die auch sonst großen Wert auf ihr Äußeres legte, hatte sich heute mächtig in Schale

geworfen. Zu einem gewagten Leoparden-Oberteil mit Kapuze trug sie eine pinkfarbene knallenge Dreiviertel-Hose mit einem dünnen, orangefarbenen Gürtel. Ihre Füße steckten in gefährlich hohen Lack-Sandalen in Giftgrün mit durchsichtigem Absatz. Ihre blonden Haare hatte sie mit ebenfalls giftgrünen Haarklammern gebändigt. Eine pinkfarbene Handtasche im 50er-Jahre-Stil vervollständigte Ihr Outfit. Ilaria hielt nichts von Colour Matching und sah dabei einfach toll aus!

„Ila, was hast du vor? Du siehst aus wie Lady Gaga!“, rief ihr Simona zu, die mit von der Partie war, denn ihre Kinder waren wie Sara in KiTas untergebracht. Michela wollte später dazu stoßen, weil wir noch mit Gino über die notwendigen Umbauarbeiten sprechen mussten.

Ilaria kicherte.

„Naja, es ist wegen der *ragazzi*[26]*!“,* antwortete sie und genierte sich ein wenig.

„Welche *ragazzi?“,* riefen Simona und ich aus einem Mund.

„Die für Ginos Laden. Ich habe in meinem Stammlokal erzählt, dass wir nette Italiener für einen Job brauchen und siehe da, es haben sich einige

[26] Ragazzi: Jungs (Es bezeichnet auch eine Gruppe bestehend aus Jungen und Mädchen, was hier aber nicht der Fall war).

Jungs bei mir gemeldet. Heute kommen sie zum Vorstellungsgespräch“, sagte sie hochzufrieden.
Simona und ich schauten uns an.
„Und deswegen hast du dich so...äh... business-like angezogen?“, fragte ich sie.
„Ja, genau“, sagte sie und kontrollierte ihre Fingernägel, die pink angemalt waren. Also doch kein so gewagter Farbkontrast.
„Was hast du ihnen über den Job erzählt?“
„Ich habe ihnen gesagt, es handelt sich um eine repräsentierende Tätigkeit“, antwortete Ilaria.
Simona und ich hoben gleichzeitig die Augenbrauen.
„Aber es ist doch keine Lüge“, rechtfertigte sich Ilaria. „Sie müssen schließlich unser Land repräsentieren!“.
Wir fingen an, die Details für den *aperitivo* zu besprechen, da trudelten die *ragazzi* in Evas Keller ein. Nach den üblichen obligatorischen Wangenküsschen stellten sich die Jungs vor: Sie hießen Stefano, Emanuele und Luca. Sie sahen tatsächlich aus wie typische Italiener: Dunkle Haare, braungebrannt, nicht besonders groß, aber durchaus attraktiv.
„Allora, ragazzi[27] *...“,* fing Ilaria an und stand auf.
Die drei starrten sie mit offenem Mund an.

---

[27] Allora, ragazzi: Also, Jungs!

„Für diesen Job suchen wir zuverlässige, professionelle und seriöse Leute. Seid ihr das?“, fragte Ilaria übertrieben streng und in diesem Moment kam sie mir vor wie Michela.
Die Jungs, die von Ilarias Erscheinung eingeschüchtert waren, standen ziemlich steif in einer Reihe da und sahen aus wie bei einer Polizei-Gegenüberstellung.
„Hast du eine Vespa?“, fragte Ilaria plötzlich Emanuele, der automatisch einen Schritt zurückwich.
„S...sì, sì“, stotterte er.
Natürlich hatte er eine. Sie hatten alle eine Vespa oder zumindest einen Freund, der eine hatte. Die erste Voraussetzung war erfüllt.
„Machen wir nachher einen *giro*[28]*?“*, fragte sie und war plötzlich wieder ganz sie selbst.
Während Ilaria und Emanuele sich angrinsten, übernahm ich die Gesprächsführung.
„Es handelt sich um ein Lokal, das seit 30 Jahren vor einem Italiener, Gino, geführt wird“, fing ich meine Projektbeschreibung an.
„Leider sieht der Laden immer noch so aus, als wäre dort erst gestern Toto Cutugno aufgetreten“, sagte ich bewusst humorvoll und schaute beifallheischend in die Runde.

---

[28] Machen wir einen giro?: Machen wir eine Runde?

Stattdessen erntete ich verständnislose Blicke. Klar, diese Jungs hatten keine Ahnung, wovon die Rede war, waren sie zu den Klängen des blöden Trällerlieds wahrscheinlich erst gezeugt worden.
„Wie dem auch sei", ruderte ich zurück und kam mir vor, als wäre ich hundert Jahre alt. „Sobald der Laden renoviert ist, geht es los: Ihr fahrt mit Euren Kumpels vor, parkt auf dem Bürgersteig, konsumiert Getränke und *aperitivo*, unterhaltet Euch und pfeift vielleicht dem einen oder anderen vorbeilaufenden Mädel hinterher, ok?".
„Äh...und worin besteht der Job?", fragte Luca irritiert und schaute mich mit seinen samtweichen Rehaugen an.
„Nichts weiter, Ihr macht nur das!", antwortete ich und erntete noch mehr verständnislose Blicke.
„Guardate ragazzi[29]*"*, sagte ich geduldig, denn es war auch wirklich nicht so einfach zu verstehen. „Wir möchten ein Ambiente kreieren wie bei uns in Italien. Vespas, laute Gespräche auf Italienisch, hübsche, südländisch aussehende Leute, Urlaubsfeeling. Die Deutschen werden das alles lieben und Gino den Laden ein rennen".
„Ah, so wie mein Onkel, der in seiner Bar so tut als könne er nur gebrochen Deutsch sprechen, damit die

---

[29] Guardate ragazzi: Schaut, Jungs.

Kunden sich amüsieren und immer wieder kommen?“, fragte jetzt Stefano.
„Genau!“, sagte ich, „Du hast es erfasst!“, freute ich mich.
„Aber jetzt müsst ihr nur noch eine klitzekleine Prüfung bestehen“, mischte sich Ilaria wieder ein.
Als Michela ein paar Minuten später eintraf, sah sie drei entzückte Gesichter, nämlich unsere, und drei gutaussehende Jungs mit nacktem Oberkörper, die vor Ilaria posierten. Es können am Arbeitsplatz schlimmere Überraschungen auf einen warten.

*

Gino kam uns mit ausgebreiteten Armen entgegen und erinnerte mich so stark an Luciano Pavarotti, wie er auf der Bühne in euphorischer Pose „Vinceró[30]“ zu singen pflegte, dass ich für einen Moment dachte, der italienische Sänger wäre von den Toten wieder auferstanden. Nur würde sich Pavarotti für seine Reinkarnation kaum das Leben eines armen Gastwirts in Deutschland am Rande des Bankrotts aussuchen. Noch war ich mir nämlich keineswegs sicher, dass das Gino-Projekt gut werden würde.
„Ah, *ragazze*[31], *eccovi*[32]*!*“, schrie er von einem Ende zum anderen seines Lokals. Damit lief er keine

---

[30] Vinceró: Ich werde gewinnen (aus der Arie „Nessun dorma“ in der Oper Turandot von Giacomo Puccini)
[31] Ragazze: Mädels (Gegenstück von „ragazzi“)

Gefahr, jemanden zu stören: Der Laden war verlassen wie die Wüste Gobi.
„Ciao Gino", grüßten Michela und ich unisono und wechselten mit ihm ein paar Küsschen.
Kaum, dass wir saßen, hatten wir schon unseren ersten Ramazzotti vor uns.
Gino schwitzte wieder stark und tupfte sich seine Stirn und seinen Bart mit einem großkarierten Küchentuch. Er schaute uns dermaßen erwartungsvoll an, dass sich mir vor Sympathie alles zusammenzog.
„Gino", fing ich an und rutschte ein wenig unbehaglich auf der geometrisch gemusterten Polsterbank umher. „Wir haben uns über dein Lokal Gedanken gemacht. Wir möchten, dass er wieder gut besucht wird, richtig?"
Gino nickte und tupfte sich den Nacken trocken.
„Dann müssen wir es komplett renovieren!", übernahm Michela das Wort.
Gino schaute verwirrt auf.
„Aber, wieso renovieren? Es ist doch so schön! Die Möbel sind massiv, beste Qualität!", sagte er und klopfte zum Beweis mit seinen wulstigen Fingerknöchel gegen die Tischplatte. „Die hat mir mein Cousin in Modena besorgt. Sein Schwager arbeitete in einer Möbelfabrik und ich konnte über

---

[32] Eccovi: Hier seid ihr! (Betont wird dabei das „e")

ihn Rabatt bekommen. Und trotzdem habe ich ein Vermögen ausgegeben!“, empörte sich Gino.
„Sí, sí...“, versuchte ich ihn zu beschwichtigen und warf Michela einen bösen Blick zu. „Nur weißt du, es ist so...mittlerweile sind doch einige Jahre verstrichen und...naja...“.
„Senti, Gino!“, mischte sich wieder Michela ein. „Die Möbel sind massiv, das stimmt. Aber sie sind dreißig Jahre alt! Überleg doch mal: Der Schwager deines Cousins ist bestimmt schon längst in Rente, oder? Das heißt, wir müssen deine Möbel auch in Rente schicken! Keiner will sich mehr auf eine Polsterbank mit grau-rosafarbenem geometrischem Muster hinsetzen! Es ist einfach nicht mehr cool!“.
So, jetzt war es ausgesprochen. Und ziemlich deutlich, wie ich fand.
„Und wie stellt Ihr euch das vor?“, fragte uns Gino mit angstvollem Blick.
„Allora“, sagte Michela und kehrte wieder die sachliche und professionelle Geschäftsfrau heraus, „Wir wollen die Idee der 80er Jahre im Grunde stehen lassen, aber in einem coolen Mix mit modernen Elementen aufpeppen. Die typischen Gegenstände von damals sind fast schon Antiquitäten. Wir suchen gerade nach einer Möglichkeit, sie dezent in Szene zu setzen, ohne dass

sie gleich den ganzen Raum für sich in Anspruch nehmen", erklärte uns Michela.
Gino und ich schauten uns verdutzt an. Offensichtlich verstand Gino genau so wenig von Innenarchitektur wie ich, was mich nicht hätte wundern dürfen. Während Michela weiterredete, goss uns Gino mehr Ramazzotti ein.
„Gino, weißt du eigentlich, wo wir diese Leuchtschilder mit dem großen schwarzen T herbekommen können? Ja, du weißt schon, solche Schilder, die in Italien an der Außenwand von Bars hängen?", fragte Michela.
„*Mah*[33], mein Bruder löst gerade seine Bar in Italien auf. Ich könnte ihn fragen...", sagte Gino, und schaute dabei skeptisch in die Runde.
„Was willst du mit den alten Dingern?", fragte ich unvorsichtig.
„ALTEN DINGERN???", schrie mich Michela an. „*Ma sei matta*?[34]. Die „Dinger", wie du sie nennst, haben fast schon Kultcharakter!".
Dazu muss ich etwas erklären: Das Schild mit dem großen schwarzen T, das an der Außenfassade von italienischen Bars hängt, kennzeichnete solche Läden, die in alten Zeiten Genehmigung hatten, Salz und Tabak zu verkaufen. Der Verkauf von Salz und

---

[33] Mah: Silbe, die Ratlosigkeit ausdrückt
[34] Ma sei matta?: Aber bist Du verrückt?

Tabak stand nämlich in Italien bis vor einigen Jahren unter staatlicher Aufsicht. Das einstmals staatliche Monopol auf Salz und Tabak gibt es heute nicht mehr und Salz kaufen Italiener natürlich im Supermarkt, aber das Schild ist geblieben und erinnert an vergangene Zeiten. Eine solche Bar wird tabaccaio, umgangssprachlich tabacchino, genannt.
„Wisst ihr noch“, fragte ich aufgeregt in die Runde, „wie herrlich unkompliziert die Bars in Italien waren? Man hat drinnen eine Cola-Dose gekauft und hat sich draußen hingesetzt, um sie zu trinken. Eine bemühte und freundliche Bedienung hat es überhaupt nicht gegeben!“
„Stimmt! Es kam höchstens die Frau vom Wirt mit einem Tablett heraus und hat genervt die leeren Dosen und die Chipstüten weggeräumt! Und die Chipstüten überhaupt!“, ereiferte sich Michela, „Kleine Tüten mit Überraschung drinnen!“
„Und wenn wir *ragazzi* nichts konsumiert haben und nur herumgesessen sind, dann ist der Wirt herausgekommen und hat uns weggejagt!“, seufzte ich. Der Alkohol zeigte seine Wirkung. Wir wurden schwermütig vor Heimweg.
„Und die alten Leute erst! Die haben den ganzen Tag unter der Markise Karten gespielt und einen Höllenlärm dabei gemacht! Die Markisen! Gino, wir

brauchen auch eine typisch italienische Bar-Markise aber eine gut erhaltene, frag deinen Bruder!“.
Gino notierte es sich auf seinen fettfleckigen Notizblock. Und dann holte er eine Videokassette und schob sie in seinen alten Videorekorder. Auf dem kleinen Fernseher sah man den Beginn eines unvergesslichen Fußball-Spiels: Die Finale der Weltmeisterschaft 1982, Italien gegen Deutschland. Die italienische Hymne sangen wir lauthals mit, die letzten entscheidenden Minuten des Spiels schauten wir mit glänzenden Augen.

*

Am Abend wollte ich mit Ilaria und Simona zu unserem traditionellen Zumba-Kurs, bei dem ich Ilaria kennengelernt hatte.
Es war damals nicht schwierig gewesen, die einzige andere Italienerin im Kurs zu identifizieren. Während die anderen Frauen der Anleitung der Trainerin Schritt für Schritt folgten und punktgenau umsetzten, bauten wir beide eigene, erfundene Schritte ein und bewegten uns eher spontan zum Rhythmus der südamerikanischen Musik. Ich für meinen Teil konnte mich beim besten Willen bei einem so leidenschaftlichen Tanz nicht auf vorgegebene Schritte festlegen. Ich fand, es war ein Widerspruch in sich. Außerdem war ich am Abend nach einem langen Arbeitstag nicht in der Lage, mich zu

konzentrieren und war daher auf meine Spontanität angewiesen. Bei Ilaria war es ähnlich, nur dass sie es mit ihrer Improvisationskunst gerne übertrieb. Mit ihren ausufernden, wilden Tanzeinlagen und ihren langen blonden Haaren(jawohl, blond, OBWOHL sie Italienerin ist!) erinnerte sie mich an Shakira.
„Entschuldigen Sie bitte“, fragte eine junge Frau ganz vorne damals die Kursleiterin. „Was soll man mit den Händen während der Drehung machen?“.
Ilaria und ich standen in der letzten Reihe, schauten uns an und konnten nicht anders als loszuprusten. Später, im Umkleideraum, nachdem wir uns gegenseitig als Italienerinnen zu erkennen gegeben hatten, fühlten wir gleich, trotz des (geringen) Altersunterschieds, eine starke Verbindung. Ilaria erinnerte mich an mich selbst, als ich jung und wild war. Es war fast so, als würde mich mein altes Ich wieder besuchen kommen und mir schadenfroh zuflüstern:
‚Schau mal, so warst du früher auch. Hast dich gescheit verändert, gell?‘ (mein altes Ich sprach aus anpassungstechnischen Gründen mit bayerischem Schlag).
Anstatt aber Neid zu empfinden, fühlte ich jedoch sofort eine starke Sympathie für Ilaria, die mich davor bewahrte schnell zu altern.

Heute Abend war der Kurs-Saal zum Bersten voll. Wahrscheinlich lag es daran, dass der Frühling endlich da war und alle Frauen Angst hatten, sich mit ihren angefutterten Speckröllchen in einem viel zu engen Bikini dem gnadenlosen Schlafzimmer-Spiegel zu stellen. Vor diesem unausweichlichen, demütigenden Augenblick wollten alle zumindest ein paar Gramm verlieren. Simona und ich kannten diese Angst nur allzu gut. Ilaria, mit ihren zarten siebenundzwanzig Jahren und ihrem noch nicht durch Schwangerschaften und Abmagerungskuren ruinierten Körper, hatte keine Ahnung, wovon wir sprachen. Wahrscheinlich dachte sie, Cellulitis wäre eine chronische Erkrankung der oberen Atemwege und Problemzonen wären im Ostblock zu finden. Obwohl wir eher in der untersten Zumba-Liga spielten, waren wir alle drei mit Original-Zumba-Kleidung ausgestattet. Erstens lag es daran, dass wir Italienerinnen waren: Haben Sie schon mal eine schlecht angezogene Italienerin gesehen? Okay, theoretisch ist es möglich, aber es handelt sich bestimmt um Ausnahmen! Und zweitens hat Zumba-Kleidung, wenn geschickt ausgesucht, den Vorteil, dass sie zuverlässig kaschiert. Außerdem: Wenn man sich schon bis auf die Knochen blamiert, weil man die Schritt-Reihenfolge nach zwei Jahren immer noch

nicht kennt, dann will man zumindest dabei gut aussehen.
Simona und ich hatten den Zumba-Mutti-Look gewählt, der aus folgenden Komponenten besteht: Extra breite, schwarze Cargo-Pants, einen hinten gekreuzten Top in Größe XXL in knallgelb und blau und einen sichtbaren BH mit extra verstärkten Körbchen für ausgeleierte Mutti-Busen. Ilaria trug die Version für junge, knackige Frauen: eine pinkfarbene, leggingsähnliche Caprihose und ein bauchfreies, enges Top. Von einem BH keine Spur, wozu auch?
Alle drei hatten wir knöchelhohe, bonbonrosafarbene Schuhe mit Glitzersteinen. Wenn schon denn schon, Frau gönnt sich was!
Jedenfalls machte uns der Kurs richtig viel Spaß. Wir ließen Dampf ab, wir fühlten uns frei und sexy und wir konnten uns dabei auch noch unterhalten. Denn während der verschiedenen Salsa-Schritte und Cha-Cha-Drehungen fielen uns die verschiedensten Themen ein und die mussten wir uns natürlich gegenseitig sofort mitteilen, damit sie nicht wieder verloren gingen. Schließlich war Michela mit ihrer Mappe nicht anwesend, um unsere Gedanken schriftlich festzuhalten. Natürlich waren die anderen Teilnehmerinnen davon nicht begeistert.

„Sentite[35]“, sagte jetzt Ilaria. „Ich denke, wir Mädels sollten bei Ginos Eröffnung auch zum Klischee beitragen!“
„Schsch!!!“, kam es von einer Teilnehmerin.
„Wie meinst du das?“, keuchte ich zurück und vollführte eine gewagte Drehung in die falsche Richtung. Dabei kollidierte ich mit Simona, die daraufhin laut loskicherte. Eisige Blicke trafen uns aus den vorderen Reihen.
„Wie meinst du das?“, wiederholte ich flüsternd Richtung Ilaria, die mittlerweile einen komplizierten dreifachen Hüftschwung mit zeitgleichen verführerischen Bewegungen aus dem Handgelenk vollführte. Das machte sie wohl in Eigenregie, denn der Rest der Gruppe ging stattdessen drei Schritte nach vorne und klatschte in die Hände. Für ihre Improvisation erntete Ilaria einen anerkennenden Blick vom Kursleiter, einem recht exotisch aussehenden Brasilianer, bei dem wir nicht nur aufgrund der Übungen ins Schwitzen kamen.
„Ja, wir leihen uns Vespas aus, ziehen uns richtig toll an und sind mit von der Partie!“, grinste Ilaria, mit ihrem Vorschlag offensichtlich recht zufrieden.
Verwirrt klatschte ich in die Hände und stellte fest, dass ich dabei die einzige war, denn mittlerweile waren alle anderen zu einem neuen Schritt

[35] Sentite: Hört zu!

übergegangen. Erneute erntete ich zahlreiche böse Blicke. Ich grinste dämlich zur Entschuldigung und kam mir mal wieder völlig unzulänglich vor.
„Übrigens“, sagte mir Simona, die meine Verlegenheit bemerkt hatte, „ich habe neulich Barbara wieder getroffen“.
Barbara.
Meine Erzfeindin. Die perfekteste, besserwisserischste, immer alles richtig machende Mutti. Barbara, die ich immer dann zufällig treffe, wenn mir die Haare wirr vom Kopf stehen, meine Bluse Flecken hat und sich mein Kind mit einem Tobsuchtsanfall am Boden wälzt.
Barbara, die dann süffisant lächelnd mit ihren zwei perfekten Kindern an mir vorbeigeht und mich mit Sätzen wie „Na, bockt sie wieder?“ wie eine perfekte Idiotin fühlen lässt. Irgendwo habe ich mal gelesen, dass niemand für unsere Gefühle verantwortlich sei außer uns selbst. Das halte ich in der Theorie für einen schönen Satz und eine erstrebenswerte Lebensphilosophie, keine Frage. Aber, wenn man wie ich mit einem nicht gerade preisverdächtigen Selbstbewusstsein gesegnet ist, ist man Barbara und ihren Manipulationen ausgeliefert. Sie legt es regelrecht darauf an, mich geschickt zur Weißglut zu treiben und genießt es sichtlich, wenn bei mir etwas schief geht, worauf sie natürlich nie lange warten

muss. Zu allem Überfluss ist sie auch noch mit dem tollsten, fürsorglichsten und nettesten Mann auf Erden verheiratet. Laut eigener Aussage streiten die Beiden nur äußerst selten und wenn es ausnahmsweise doch mal passiert, dann kommen sie schnell und ohne jegliche Handgreiflichkeit zu einer Einigung. Barbaras Mann, der wie Barbara aus Italien kommt, hilft ihr gerne bei Haushalt und Kindern und das Erstaunliche daran war, dass er es freiwillig tut und OHNE, dass sie vorher mit Scheidung drohen muss. Man munkelt, dass die beiden immer noch regelmäßig Sex haben (miteinander!) und dass sie gerade ihr drittes Kind planen. Das alles löst bei mir einen ziemlichen Brechreiz aus (nach dem Motto: wo ist hier bitte die Kloschüssel, ich muss mich mal kurz übergeben).

Meine Freundinnen meinen, ich würde mich von Barbara zu sehr provozieren lassen und dass bei ihr bestimmt nicht alles so gut läuft, wie sie immer vorgibt.

„Sie sagte mir, ich soll dich schön grüßen“, teilte mir Simona mit, bevor wir zum Merengue ansetzten.

„Aha. Und sonst?“, fragte ich, weil ich ja masochistisch veranlagt bin und der Versuchung nicht widerstehen konnte, mir selber weh zu tun.

„Ich finde, sie sah nicht so gut aus“. Simona wollte mich offensichtlich aufmuntern.

„Schsch!“, kam es abermals wütend von einer eifrigen Zumba-Kollegin ganz vorne.
„Was hat sie sonst gesagt?“, zischte ich in Simonas Richtung und konnte mich kaum auf meine Schritte konzentrieren.
„Äh, nichts besonderes…“
Und dann waren wir still, weil unsere Lieblingspassage dran war, bei der wir abwechselnd den Po und die Schulter schütteln mussten.
Ich warf Simona einen fragenden Blick zu.
„Äh…nur, dass ihr Mann befördert wurde“, gab sie zu.
Aha, wahrscheinlich wussten sie jetzt nicht mehr wohin mit dem Geld. Barbaras Mann, Piero, war ein hohes Tier bei einem weltbekannten Software-Unternehmens. Vor ein paar Jahren war er mit der Aussicht auf ein schwindelerregenden Gehalts und unzählige Boni vom italienischen in den deutschen Unternehmenssitz nach München gelockt worden. Piero scheffelte also das Geld und Barbara kümmerte sich um Kinder und Haushalt und schien damit rundum zufrieden zu sein.
Später, im Umkleideraum, gackerten und lachten wir noch ein bisschen. Wir hatten mittlerweile genug Ideen für das sensationelle Debüt unserer Agentur und waren richtig darauf gespannt, wie es bald bei Gino aussehen würde.

*

„Kann es sein, dass du meine Unterhosen zusammen mit etwas rotem gewaschen hast?“, weckte mich am nächsten Morgen eine vertraute Stimme, die jedoch noch vor ein paar Jahren freundlichere Botschaften für mich hatte.
„Hä?“, war das Einzige, was ich so früh am Morgen erwidern konnte.
„Ciao mamma!“, schrie im selben Augenblick ein rosarotes Monster, das mir mitten auf den Bauch sprang.
Also, früher war ich eindeutig sanfter geweckt worden! Nicht, dass ich prinzipiell etwas gegen rosarote Monster gehabt hätte. Diese waren sogar ausgesprochen niedlich, vor allem, wenn sie vier Jahre alt waren, lispelten und eine witzige Mischung aus Deutsch und Italienisch sprachen. Aber mussten sie um sieben Uhr am Morgen unbedingt auf meinen Bauch springen und mir ins Ohr schreien?
Das andere Monster stand mitten im Raum, schaute mich wütend an, war ebenfalls rosarot und deutlich weniger niedlich. Ich hatte offensichtlich seine Unterhosen verfärbt.
Ich stand mühsam auf.
„Was regst du dich so auf? Rosa ist das neue Weiß, das müsstest du doch wissen!“, versuchte ich schuldbewusst zu argumentieren. Martin arbeitete in

einem Verlag für Frauenzeitschriften und war immer von einer Horde superstylischer, hipper und cooler junger Frauen umgeben, die die neuesten Trends kannten und auslebten. Anstatt sich wie jeder vernünftige Mann darüber zu freuen, war er jedoch von ‚seinen Mädels' hochgradig genervt, die, wie er sagte, an Oberflächlichkeit und Stutenbissigkeit nicht zu toppen waren.
„Naja", sagte er jetzt, „Immerhin hast du meine Hemden nicht mit gewaschen".
„Äh, ja, genau", erwiderte ich und ließ seine verfärbten Hemden schnell vom Wäscheständer verschwinden. Ich musste später unbedingt meine Oma anrufen und sie fragen, ob die Hemden noch zu retten waren.
„Mamma?"
„Sí, amore?"
„Weißt du, was der papá vorhin gesagt hat?", fragte mich jetzt meine kleine Maus.
„Nee, was hat er gesagt?", fragte ich zurück und hatte keinerlei positive Erwartungen.
„Dass du eine CHAKOTIN bist", kicherte Sara. Sara war, wie jedes Kindergartenkind, von jedem Ausdruck in der sogenannten Fäkalsprache ausnahmslos fasziniert. Alles, was mit Verdauung im Allgemeinen und Verdauungsstörungen im Besonderen zu tun hatte, löste bei ihr unkontrollierte

Kicheranfälle aus, die sich mitunter über mehrere Minuten ausdehnen konnten.
Na also, hatte ich doch gewusst. Ich warf Martin einen wütenden Blick zu. Mittlerweile war das auch schon das Einzige, was wir uns zuwarfen. Das schonte natürlich unser Geschirr aber ich ahnte auch, dass es kein gutes Zeichen war. Fast so, als hätte man sich schon aufgegeben.
„Also, das musst du aber schon zugeben", sagte mir Martin ein wenig zerknirscht (aber nur ein wenig).
Nichts gab ich zu. Der supereffiziente und perfekt organisierte Martin hatte neulich eine italienische Kaffekanne auf dem Herd vergessen, woraufhin der Plastikgriff geschmolzen und unsere Ceranfeld für immer verunstaltet hat. Als er den Gestank endlich bemerkt hatte, war er aufgesprungen und hatte hektisch versucht, die Kanne zu entfernen. Bei der Aktion hatte er sich die Hand verbrannt und die Kanne fallen lassen, die daraufhin eine Boden-Fliese beschädigt hat. Der Kaffee, der auch irgendetwas unternehmen wollte, hatte sich auf die weiße Wand ergossen und sich dort mit einem hübschen Fleck, der so aussah wie ein Aquarell von Beuys, verewigt. Fehler machte er also auch, nur, dass ich nicht ständig auf seinen herumritt wie er auf meinen und es daher so aussah, als wäre er perfekt und ich die ultimative Schussel.

„Schau zum Beispiel hier!“, fuhr er mit seinen Anschuldigungen fort, während ich gleichzeitig versuchte, mich anzuziehen und Sara die langen Haare zu kämmen.
„Was macht ein leerer Obstkorb auf dem Wohnzimmertisch?“, fragte er entrüstet und hob den Korb hoch, bevor ich ihn daran hindern konnte. Zum Vorschein kam Ilas Kunstwerk, das ich bislang, in Ermangelung vernünftiger Alternativen, darunter versteckt hatte.
Martin starrte es an.
„Das hat aber nicht Sara gemalt, oder?“, fragte er jetzt und schaute mich dabei misstrauisch an. Klar, wollte ich ihm antworten, ich zeige meiner vierjährigen Tochter jeden Tag eine neue Position des Kamasutras, damit sie sie nachmalen kann. So macht man es nun mal in Italien mit seinen Kindern, mit sexueller Aufklärung kann man nie früh genug beginnen! Das sagte ich allerdings dann doch nicht, denn das hätte er mir glatt abgenommen. Als Sara vor einigen Jahren anfing, feste Nahrung zu sich zu nehmen, fand ich es vollkommen normal, ihr zum Frühstück Milch und Kekse zu geben. Jedes italienische Kind knabbert am Morgen ein paar Kekse zu seiner Milch (wenn es überhaupt etwas isst). Als ich einmal nach dem Duschen ins Wohnzimmer kam,

fand ich Sara in Tränen aufgelöst und Martin mit ihrem Keks in der Hand.
„Sie wollte gerade EINEN KEKS essen!“, empörte sich damals mein Mann und hielt das Beweisstück in die Höhe.
„Na, und?“, hatte ich erwidert. „Sie darf ihn essen, ich habe ihn ihr gegeben!“.
„Kekse zum Frühstück??“.
„Ja, klar, soll ich ihr vielleicht ein Salamibrot schmieren?“, hatte ich ironisch gefragt.
„Zum Beispiel!“, hatte Martin geantwortet und mich mit offenem Mund stehen lassen.
Es war ein klassischer Fall von Kultur-Inkompatibilität. Leider hatten wir in den letzten Jahren solche Situationen häufig erlebt. Das, was für mich normal war, fand Martin abartig und umgekehrt natürlich auch. Seit Sara auf der Welt war und wir nun ein gemeinsames Kind zu versorgen und zu erziehen hatten, war die Reibungsfläche automatisch größer geworden war.
Manchmal fragte ich mich, wo der Spaß zwischen uns geblieben war. Früher konnten wir stundenlang miteinander lachen und es wurde, vielleicht auch gerade aufgrund unserer Unterschiede, nie langweilig. Trotz seines (gespielten) Perfektionswahns, war er im Grunde ein lockerer und optimistischer Mensch und er konnte mir

Komplimente machen, bei denen es mir eiskalt dem Rücken hinunter rieselte.
Okay, der einfühlsamste Mensch auf Erde war er noch nie gewesen, dafür war er viel zu sehr mit sich selbst beschäftigt, aber er hatte durchaus seine Reize, sonst hätte ich mich nie so heftig in ihn verlieben können.

Capitolo quattro – Martin (Martin)

Als ich Martin kennenlernte, war ich ziemlich schlecht gelaunt. Besser gesagt: Hätte ich an dem Tag ein Bazooka oder zumindest ein Maschinengewehr zur Hand gehabt, wäre das Problem der Überbevölkerung binnen Minuten gelöst gewesen. Weil ich solche heftigen Gefühle in ziemlicher Regelmäßigkeit erlebe und weil ich mir meiner Impulsivität im Allgemeinen durchaus bewusst bin, habe ich in weiser Voraussicht nie einen Waffenschein gemacht. In jenen Momenten quält mich meist die Frage, ob meine Gefühle und deren Schwankungen normal sind. An manchen Tagen kann ich vor Freude in die Luft springen, jeden küssen, der meinen Weg kreuzt und mit einem wohlwollenden Augenzwinkern über grobe Verfehlungen meiner Mitmenschen hinwegsehen. An anderen Tagen wiederum reicht es, dass jemand mir die Vorfahrt nimmt, damit ich ausraste und den armen Autofahrer an der nächsten roten Ampel wüst beschimpfe (häufig stellt sich dann zu meiner größten Beschämung heraus, dass ich mich geirrt und der andere wirklich Vorfahrt gehabt hat. In solchen Fällen helfen elektrische Fensterheber und Kopf einziehen). Meine deutschen Freundinnen sagen immer, das läge an meinem italienischen

Temperament. Meine italienischen Freundinnen sagen so etwas natürlich nie. Diese Meinungsdiskrepanz ist einfach nur logisch und liegt in der Natur der Sache, aber ich möchte sie trotzdem gerne an einem Beispiel verdeutlichen: Stellen Sie sich vor, sie erzählen einer Freundin, sie hätten diese Woche zweimal Weißwürste gegessen. Wie wahrscheinlich ist es, dass sie antworten würde: „Tja, das liegt daran, dass du Deutsche bist!“? Nicht sehr wahrscheinlich, es sei denn, Ihre Freundin ist Italienerin, sie lebt in Deutschland und möchte sich für die vielen Klischees über Italiener rächen.
Nun, ich für meinen Teil glaube, meine Stimmungsschwankungen liegen an den Hormonen, denn in der Schwangerschaft wurde alles noch viel schlimmer. Aber alles der Reihe nach.
Als ich meinen späteren Begatter kennenlernte, berührte mein Stimmungsthermometer den Gefrierpunkt. Bis zum heutigen Tag bin ich davon überzeugt, dass er den Abend nicht unbeschadet überlebt hätte, hätte er mich mit einem der marktüblichen, doofen Anmachmottos angesprochen. Da ich mich in eine der hintersten Ecken eines berühmten Münchner Etablissements verkrochen hatte, konnte ich mich mit etwas Mühe vor der bombastischen Stimmung der After-Work-

Party beschützen, zu der Katrin mich gegen meinen Willen verschleppt hatte.
„Komm mit, du wirst dich dann besser fühlen", hatte Katrin gesagt.
Aber ich hatte mich nicht besser gefühlt.
Wenn man sich wie ein Schluck Wasser in der Kurve fühlt, gibt es nämlich nur eines, das schlimmer ist, als wahnsinnig gut gelaunte Leute: Blöde Sprüche über die eigene miese Stimmung zu hören. Und ich wusste, die würden in einem solchen Aufreißer-Schuppen früher oder später kommen. Aber genau da setzte Martin an jenem Abend unbewusst richtig an. Anstatt den bequemen Weg zu gehen und auf meiner Negativ-Welle zu reiten, wählte Martin seine eigene individuelle Richtung und brachte mich damit völlig aus dem Konzept. Wo andere Männer ganz unkreativ gesagt hätten:
‚Du schaust aber traurig!' oder, noch viel schlimmer, ‚Lächle mal!', sagte Martin: ‚Du hast hier aber ein schönes Plätzchen!' und entlockte mir damit ein spontanes Lächeln.
Leider muss ich zugeben, dass ich sein Verhalten sowie seinen Charakter damals falsch eingeschätzt habe, was sich für unsere Beziehung schlussendlich als fatal erwies. Denn hatte ich zunächst seine positive und unbekümmerte Art als ein Zeichen besonderer Sensibilität gedeutet, im Nachhinein

stellte sich heraus, dass er meine Stimmung überhaupt nicht bemerkt hatte, geschweige denn, dass er sich die Mühe gemacht hätte, dementsprechend zu agieren. Er war an dem Abend einfach gut drauf und während sein Kumpel ein anderes Mauerblümchen ansprach, wollte er die Zeit nicht ungenutzt verstreichen lassen und sprach mich an.

Und so ungefähr verlief das Gespräch:

„Du hast hier aber ein schönes Plätzchen“, sagte er (siegessicheres Lächeln, Flasche Sekt der Hausmarke in der Hand, Muscle-Shirt - ja, ich weiß, eigentlich ein No-Go aber es sah gut aus!).

„Ist das dein Platz?“, fragte ich (verunsichertes Lächeln, Selbstbewusstsein eines Seeigels, Bereitschaft zum Aufspringen).

„Nein, nein, das ist schon dein Platz!“, lachte er und damit, schätze ich, hatte er mich schon. Im Gegensatz zu mir war er eindeutig NICHT zur Demut und Bescheidenheit erzogen worden, das konnte man sofort sehen. Und das faszinierte mich. Dass er allerdings so auf sich zentriert ist wie die Sonne auf ihre Planeten, hatte ich, durch sein Selbstbewusstsein geblendet, nicht gemerkt. Von seinem dämlichen Fusel-Sekt bot er mir übrigens keinen Tropfen an.

Wahrscheinlich war es keine Liebe auf dem ersten Blick, sondern eher eine Art widerwillige und unausweichliche Anziehungskraft. Von dem Tag an konnten wir, trotz des turbulenten Umgangs miteinander, nicht mehr voneinander lassen.
Wie könnte ich unsere Beziehung am besten beschreiben?
Wenn wir schon bei Metaphern aus dem Weltall sind, vielleicht so: Wenn Männer und Frauen bekanntlich von zwei unterschiedlichen Planeten stammen, dann stammen deutsche Männer und italienische Frauen eindeutig aus zwei Galaxien, die durch mehrere andere RIESIGE Galaxien und schwarze Löcher voneinander getrennt sind.
Zum einen sind deutsche Männer an Frauen gewöhnt, die durch Eigenständigkeit, Selbstvertrauen und Emanzipation stechen. Fürsorge und Einfühlungsvermögen können bei deutschen Frauen teilweise auf negative Gegenreaktionen stoßen, vor allem, wenn sie dadurch das Gefühl gewinnen, als die Schwachen da zu stehen.
Natürlich werden auch italienische Frauen nicht gerne bevormundet oder von besorgten Ehemännern und derer übertriebenen Fürsorge erstickt.
Aber: Man sage, was man wolle, eine Alice Schwarzer hatte es in Italien noch nie gegeben und eine

durchschnittlich emanzipierte italienische Frau ist im Vergleich zu Frau Schwarzer eine anpassungsfähige Hausfrau.
Als Martin mir eines Tages vorschlug, die paar Kilometer bis zum Restaurant, in dem wir mit Freunden verabredet waren, mit dem Fahrrad zurückzulegen, dachte ich, es wäre ein Scherz. Schließlich war ich zum damaligen Zeitpunkt im neunten Monat schwanger und auf den Straßen lag eine dünne, jedoch sehr hinterlistige Eisschicht. Er meinte es allerdings völlig ernst und verstand nicht, wo das Problem lag.
Ich bin überzeugt, dass er sich damals über meine besonderen Umstände kein Gedanken gemacht hatte. Er hatte einfach Lust, mit dem Fahrrad zu fahren und war nicht wirklich gewillt, von seinen Plänen abzuweichen.
„Äh…“, sagte ich dann ziemlich verunsichert (schließlich hatte ich mittlerweile gemerkt, dass ein- und dieselbe Situation von zwei Personen auf völlig unterschiedlicher Weise betrachtet werden konnte. Dementsprechend war ich auf der Hut), „meinst du wirklich, ich soll meinen hochschwangeren Bauch hinter den Lenker klemmen und drei Kilometer mit dem Fahrrad auf dem Eis balancieren, auf die Gefahr hin, dass ich auf meinem fetten Hintern lande und eine spontane Eiswassergeburt auf der Straße

erlebe?“, fragte ich, die einzelnen Silben betonend, als würde ich mit einem Minderbemittelten sprechen. Ein Blick in sein Gesicht genügte, um mich zu überzeugen, dass ihn diese Vorstellung eher amüsierte als abschreckte. Ich beschloss, meine Taktik zu ändern. Einen hysterischen Anfall später und um ein Kaffeeservice ärmer kamen wir an dem Abend deutlich verspätet im Restaurant an. Der Taxifahrer hatte mich während der Fahrt besorgt gefragt, ob ich Wehen hätte, ich würde nämlich etwas derangiert aussehen. Offensichtlich musste seine Frau nie um ihr Recht kämpfen, ihre Babys in einem Krankenhaus und nicht auf der Straße zu entbinden. Selbst die Vorstellung einer hochschwangeren Türkin, in einem schwarzen Kaftan eingehüllt auf einem Fahrrad strampelnd, vermochte nicht, meine Stimmung zu heben.

Damals war mir bereits klar geworden, dass deutsche Frauen grundsätzlich widerstandsfähiger waren (die deutsche Frau meines niederländischen Chefs hatte im neunten Monat ein zwei Meter langes Regal aus dem Baumarkt besorgt und alleine die vier Stockwerke zu ihrer Wohnung hochgetragen. Das einjährige Baby hatte sie dabei am Rücken festgeschnallt). Und trotzdem konnte ich nicht glauben, dass mich mein Freund ohne mit der Wimper zu zucken und nur, um seinem eigenen

Bewegungsdrang an der frischen Luft zu frönen, einer gefährlichen Situation ausliefern wollte. Meine Entrüstung war damals so groß gewesen, dass ich tagelang kein Wort mehr mit ihm sprach.
Mittlerweile hatte sich Martin in dieser Hinsicht verändert. Seit der Geburt unserer kleinen Tochter, die er über alles liebte und hätschelte, hatte er eine gewisse Sensibilität für die Bedürfnisse anderer Menschen entwickelt. Ich war allerdings die einzige, die von diesem neugewonnenen Einfühlungsvermögen nicht profitierte, denn unsere Beziehung war in eine Negativspirale verwickelt, die hauptsächlich darin bestand dem anderen eins auszuwischen. In der Zwischenzeit hatte ich mich jedenfalls daran gewöhnt, für mich und mein Wohlbefinden selber zu sorgen und war zu dem Schluss gekommen, dass eine solche Fähigkeit im Leben von großem Wert ist.
Die zweite Eigenschaft von deutschen Männern, die italienische Frauen zur Weißglut bringt, ist deren Effizienzwahn. So war es auch bei Martin und mir. Als wir das erste Mal zusammen Skifahren wollten, klingelte der Wecker um exakt 4:30 Uhr.
„Martin“, murmelte ich in seine Bettrichtung.
Keine Antwort.
„Martin, der Wecker spinnt, mach ihn aus!“.

Immer noch keine Antwort. Dafür ging plötzlich die Panikbeleuchtung an.

„Guten Morgen!“, tönte es in einer unerträglichen Lautstärke. Mit der allergrößten Mühe schaffte ich es, blinzelnd ein einzelnes Auge zu öffnen. Martin, der bereits in seinen Skiklamotten und frisch rasiert war, stand mitten im Raum und versprühte eine nicht auszuhaltende gute Laune um sich herum. Mit dem Bettlaken versuchte ich mich so gut es ging davor zu schützen.

„Los, raus aus den Federn! Abfahrt ist Punkt 5:15 Uhr, damit wir als Erste am Lift sind! Und jetzt müssen wir noch kräftig frühstücken, damit wir nachher fit sind!“, erklärte mir mein Freund mit einem jovialen Lachen.

Bei der bloßen Erwähnung von Essen suchte mich eine Welle der Übelkeit heim.

Als Italienerin konnte ich einen solchen Vorschlag beim besten Willen nicht nachvollziehen. Wieso sollte sich jemand an einem freien Tag aus dem Bett QUÄLEN, Nahrung REINWÜRGEN und BEEILEN, um VOR ALLEN ANDEREN da zu sein? Klar, das war sicherlich effizient, keine Frage, aber vielleicht doch ein bisschen, äh, wie soll ich es sagen, unentspannt? Nehmen wir als Gegenbeispiel ein typisches italienisches Pärchen. Die beiden würden gegen acht Uhr aufwachen, einen Espresso trinken, NICHT

frühstücken, alles in Ruhe packen und dann gemütlich losfahren. Ungefähr auf halber Strecke würden sie an einem Autogrill[36] einen Stopp einlegen, einen Cappuccino mit Cornetto[37] verspeisen und mit den vielen Freunden telefonieren, die eigentlich auch hatten mitkommen wollen, aber noch zu Hause waren, weil sie vergessen hatten, den Wecker zu stellen. Irgendwann gegen Mittag würden sie an der Talstation ankommen, sie würden die Gondel nach oben nehmen und erst einmal ins Restaurant zum Mittagessen einkehren, um auf die verspäteten Freunde zu warten (das Mittagessen ausfallen zu lassen wäre für Italiener genauso wie ohne Handy zu leben eine absurde Vorstellung). Dass dieses Vorgehen eindeutig ineffektiv ist, interessiert den Durchschnittsitaliener dabei nicht die Bohne. Schließlich ist er im Urlaub und da wird nicht gehetzt. Basta.
Nun stellen Sie sich mal vor, welche gegensätzlichen Einstellungen bei Martin und mir aufeinanderprallten. Eine gewisse Befremdung, um nicht zu sagen komplettes Unverständnis für den

---

[36] Autogrill: Es sind die netten, italienischen Autobahnraststätten

[37] Cornetto: Mit Creme oder Marmelade gefüllte Hörnchen

Standpunkt des anderen, war von beiden Seiten einfach vorprogrammiert.
Und doch, jedes Mal, wenn ich mir vornahm, die Beziehung aufgrund unvereinbarer Inkompatibilität zu beenden, stellte ich fest, dass ich ihn im Grunde doch ziemlich toll fand. So, wie er durch das Leben ging und sich das Beste herauspickte, als hätte er selbstverständlich das Recht dazu; sein unerschütterlicher Glaube, dass alles am Ende gut wird und ich mich nicht sorgen dürfte; die Art, wie er mich anschaute, als hätte er mit mir einen zwar ungewöhnlichen, jedoch wertvollen Preis gewonnen; das alles nahm mich einfach für ihn ein. Ich hatte damals das Gefühl, ich kam aus der Sache nicht mehr heraus. Mittlerweile, nachdem die gute Laune verflogen war und Martin mich eher anschaute als hätte er eine Niete gezogen, hatte sich mein Gefühl verändert.

Capitolo cinque – Sara bussa alla porta (S. klopft an)

Das Telefon klingelte.
Da meine Hände mit Kochutensilien belegt waren, klemmte ich mir den Hörer zwischen Ohr und Schulter.
„Pronto?“, sagte ich, weil ich Simonas Nummer erkannt hatte.
“Ciao bella, was kochst du?”, fragte mich Simona. Nach den Hintergrundgeräuschen zu urteilen, hantierte sie auch gerade mit Töpfen und Pfannen, was alle meine italienischen Freundinnen und diese abendliche Uhrzeit taten. Im ferneren Hintergrund schrien Ihr Mann und ihre Kinder durcheinander.
„Ich mache eine pasta, und du?“, antwortete ich unkreativ und hoffte, dass sie nicht ‚saltimbocca alla romana‘ oder ‚melanzane alla parmigiana‘ antworten würde.
“Ach, heute habe ich keine große Lust zu kochen. Ich mache nur pollo alla cacciatora“.
Jetzt müssen Sie wissen, dass dieses geschmackvolle Gericht mindestens eineinhalb Stunden köcheln muss, bis das Huhn in der Tomaten-Karotten-Sellerie-Soße schön zart wird. Und das machte Simona, wenn sie keine große Lust zum Kochen hatte.

„Ach so, nur das“, sagte ich frustriert und nahm die gewünschte Menge Spaghetti aus der Packung. Eine Waage brauchte ich dafür nicht, denn mit der Zeit hatte ich gelernt, mich auf mein Augenmaß zu verlassen. Ich brach die Spaghetti entzwei (das machen tatsächlich viele Italiener!) und warf sie ins Wasser. Diese Tätigkeit gehört so stark zur italienischen Kultur, dass Männer abends ihre Frauen vom Auto aus anrufen, um ihnen mitzuteilen, dass sie jetzt ‚die pasta werfen können‘, um zu bedeuten, dass sie gleich zuhause sein werden.
„Laura, ich wollte dir wegen neulich danken. Mit dem Schwangerschaftstest und so...“, kicherte Simona.
„Keine Ursache, habe ich gerne getan“, sagte ich, obwohl ich bei der bloßen Erinnerung einen Schweißausbruch bekam.
“Sollen wir uns demnächst mal über Verhütungsmethoden unterhalten? Das würde uns in Zukunft einige panische Aktionen auf dem Klo ersparen“, sagte ich ihr.
“Ja, klar, du bist doch ein Profi auf dem Gebiet der Frauenmedizin!”, lachte sie.
Naja, dachte ich. Ein cooler Profi ist man nur solange, bis man selber betroffen ist. Als meine Kollegin Petra das erste Mal eine unserer raffinierten Verhütungsmethoden selber ausprobierte, geriet sie aufgrund der ungewöhnliche Anwendung in Panik

und das obwohl sie täglich Anwenderinnen diesbezüglich beriet! Auch die Geschichte meiner Schwangerschaft, an die ich nach meinem Telefonat mit Simona denken musste, war ein gutes Beispiel dafür, wie Emotionen die Objektivität eines Menschen beeinträchtigen.

*

Durch meinen Job in der Pharmaindustrie war mir damals durchaus bewusst, dass Ärzte nicht immer recht haben.

Als mir an einem trüben Oktober-Tag einige Myome entfernt wurden, meine Gebärmutter wieder zugenäht wurde und ich im Krankenhausbett wieder aufwachte, schien ich dies jedoch komischerweise vergessen zu haben. Vielleicht lag es an den Folgen der Vollnarkose oder an den Schmerzmitteln, die ich eingenommen hatte. Wie dem auch sei: Als dann der dritte Arzt in Folge mein Krankenlager besuchte und mir ganz ruhig und doch merkwürdig eindringlich dazu riet, möglichst schnell über ein Kind nachzudenken, denn sonst könnte es zu spät sein, fing ich an zu weinen. Auch die eilig herbeigerufene Haus-Psychotherapeutin konnte mir über meine tiefe Verzweiflung nicht hinweghelfen. Ein Blick auf ihre eingefallenen Wangen, ihre strähnigen grauen Haaren und ihre komischen Ohrringe, die wie Papageien aussahen (so etwas hatte ich mit zwölf

Jahren, also in den bereits mehrfach zitierten berühmt-berüchtigten 80-ern) verstärkten meine Depression eher und überzeugten mich von der Sinnlosigkeit des Lebens. Jetzt, während ich das erzähle, finde ich es recht eigenartig, dass mir in meiner unendlichen Traurigkeit ihre Ohrringe aufgefallen sind und sie sich in mein Gedächtnis eingeprägt haben. Sie müssen wirklich grauenhaft gewesen sein.

Meine Lebenssituation war damals nicht gerade eine der besten. Meine turbulente Beziehung mit Martin war gerade zwei Jahre alt und ich war auf der Suche nach einer neuen Arbeitsstelle, denn Tatsache ist, dass es angenehmere Tätigkeiten als die eines Produktmanagers in der Pharmaindustrie gibt. Und jetzt soll ich ein Kind bekommen? Ausgerechnet jetzt?? Es heißt zwar, es gäbe nie den perfekten Zeitpunkt für ein Kind, aber ein bisschen passender hätte er schon sein können! Aus diesem Grund badete ich in Selbstmitleid und niemand konnte mich trösten. Ich fühlte mich richtig hereingelegt, und das von meiner eigenen Gebärmutter! Als Martin mich am Abend mit einem Sträußchen Rosen besuchen kam, berichtete ich ihm die Neuigkeit.

Dass er nicht auf der Stelle umdrehte, die Rosen in den Abfalleimer warf und die Tür hinter sich

zuknallte, hielt ich für ein gutes Zeichen oder immerhin für ein nicht ganz so schlechtes.
Und doch kam ich mir in dem Moment vor wie jene Frauen nah ihres vierzigsten Geburtstags, die sich bei Afterwork-Parties rumschleichen, die Augenringen und Lachfältchen nur schlecht übergeschminkt und eine so verzweifelte Miene zur Schau stellen, dass sie sich genauso gut ein Schild an der Stirn kleben könnten mit den Worten ‚Suche Vater meiner Kinder'. Kurzum, ich kam mir so vor, als würde ich Martin um ein Kind anbetteln. Eine ziemlich demütigende Situation.
Martin tröstete mich so gut er konnte, aber an seinem verkniffenen Mund, der ungefähr so aussah, als hätte er in eine Zitrone gebissen, konnte ich erkennen, dass er nicht wirklich bereit war, sich sofort seines Schlips zu entledigen, ins Bett zu schlüpfen, und mich auf der Stelle zu befruchten.
Wieder zu Hause wurde ich fast verrückt vor lauter Nachdenken. Wie konnte ich aus dieser verzwickten Lage wieder heraus? Wollte ich wirklich ein Kind? Und wollte ich es wirklich mit Martin? Konnte ich das Risiko eingehen, doch noch zu warten? Und wenn ich dann keine Kinder mehr bekommen konnte? Schon sah ich mich mit Mitte Vierzig und schlecht blondierten Haaren an der Theke einer Bar abhängen. Der Blick durch die vielen

eingenommenen Drinks bereits getrübt, würde ich den jungen und knackigen Barkeeper anlächeln und dabei versuchen, sexy und begehrenswert zu wirken. Er, der Barkeeper, würde zwar das Spiel mitspielen aber nur, weil er eine Wette mit seinen Kumpels verloren hatte, in der es um ein weitaus jüngeres, naturblondes und knackiges Mädchen ging. Ich wäre sozusagen die Strafe. Hinter mir würden sich seine Kumpels kaputtlachen.

Und noch ein Bild erschien vor meinem geistigen Auge: Es ist Pfingstsonntag und alle meine Freundinnen haben tolle Pläne mit ihren Familien. Einige wollen picknicken, andere gehen mit den Kindern in den Zoo. Ich habe nichts vor. Ein einsamer Sonntag streckt sich in seiner unendlichen Länge vor mir. Eine Freundin erbarmt sich schließlich meiner und lädt mich ein, mit ihrer Familie einen Ausflug zu machen. Zu Tränen gerührt sage ich zu und freue mich über so viel Freundlichkeit. Den ganzen Tag komme ich mir wie das fünfte Rad am Wagen vor und das Schlimmste ist: rund um mich nur glückliche Familien, Papas, Mamas, Kinder. Ich bin die einzige, die nicht dazugehört, ich bin eine typische Übriggebliebene. Nun wollen mir all diejenige verzeihen, die dies gerade lesen und gewollt oder ungewollt keine eigene Familie haben. Ich bin sicher, man kann auch ohne Kinder glücklich sein, häufig auch glücklicher. Aber so ticken die Menschen nun mal: Sagt man ihnen, dass sie etwas nicht haben können, begehren sie es dann umso mehr, sie klammern sich geradezu an die Vorstellung. Und ich war keine Ausnahme. Kein Kinderwagen und keine Schwangere entzogen sich meinen Blicken. Ich ertappte mich dabei, wie ich vor dem Spiegel stand und die Hand unter meinen Pulli schob, um einen schwangeren Bauch zu simulieren. Es war eine fixe Idee geworden und, wie alle fixe Ideen, eine Qual. Martin fühlte sich verständlicherweise noch nicht so weit, mit mir eine Familie zu gründen, und erbat sich Bedenkzeit. Ich für meine Teil fühlte mich auch noch nicht so weit und hätte ebenfalls gerne meine Gebärmutter um Bedenkzeit gebeten, nur dass Gebärmütter naturgemäß eigensinnig sind und nicht gerne mit sich reden lassen.

Der Vorteil, mit einem Mann liiert zu sein, den man im Grunde nicht versteht, ist, dass er einen oft überrascht.

Eines Abends, ungefähr drei Monate nach der Diagnose, kam Martin nach Hause und teilte mir mit, dass er sich gerne mit mir ‚auf dieses Abenteuer' einlassen würde. Seine Augen leuchteten und er schaute mich dabei unternehmungslustig an. Sorglos wischte er meine Bedenken beiseite und versicherte mir, dass alles gut werden würde.

Mir war jedoch angst und bange, und meine Sorge nahm schizophrene Züge an: Was wäre, wenn ich wirklich schwanger werden würde? Und was, wenn ich es nicht werden würde?!
Laut meinem Frauenarzt war das alles überhaupt kein Problem. Wozu wurde schließlich künstliche Befruchtung erfunden?
„Ja, Frau Mellina, ich würde vorschlagen, Sie legen schon mal ganz normal los. Sie wissen doch, wie es geht, oder?“, fragte er mich mit einem jovialen Lachen.
„Ähm, ja, doch, ich bin schließlich Biologin“, antwortete ich und versuchte dabei humorvoll und locker zu wirken, obwohl meine Nerven zum Reißen gespannt waren.
„Biologin, ja?“, sagte jetzt mein Frauenarzt interessiert und musterte mich nun genauer. Jetzt müssen Sie wissen, dass Ärzte generell einen ziemlichen Respekt vor Biologen haben, die in wissenschaftlicher Hinsicht den Medizinern einiges voraus haben, jedoch auf dem Arbeitsmarkt und in der gesellschaftlichen Anerkennung weit hinter ihnen zurückbleiben.
„Ich dachte eher, Sie kennen sich aus, weil Sie Italienerin sind. Italiener haben doch so viele Kinder, oder?“, lachte mein Arzt, offensichtlich nicht bereit, von seiner überlegenen Position zu weichen.

Gequält stimmte ich in sein Lachen ein. Die Klarstellung, dass Italiener seit über dreißig Jahren die niedrigste Geburtsrate in Europa haben, sparte ich mir.
Ich brauchte nun meine ganze Energie, um schwanger zu werden.
„Ja, und dann, sobald Sie sich ausgetobt haben, kommen Sie wieder zu mir. Sagen wir mal in sechs Monaten, ok?".
„Wieso erst in sechs Monaten? Ich komme doch wieder zu Ihnen, sobald ich schwanger bin, oder?".
„Äh, ja, natürlich", sagte er und unterdrückte mit Mühe ein Lachen. Seine Skepsis, ich würde auf natürlichem Weg und ohne ärztliche Unterstützung schwanger werden, konnte man mit Händen fassen. Er hatte allerdings mit meinem Durchhaltevermögen und Hartnäckigkeit nicht gerechnet. Einmal Wissenschaftlerin, immer Wissenschaftlerin.
Überall hört man sagen, wenn man sich auf das Schwangerwerden zu sehr fixiert, wird man partout nicht schwanger. Die besten Ergebnisse würde man erreichen, wenn man gar nicht daran dachte.
Nun, ich hielt nichts von diesem Ansatz. Ausgerüstet mit einem Eisprungmessgerät und viel Ehrgeiz, arbeitete ich gezielt darauf zu, schwanger zu werden. Schließlich: Von nichts kommt nichts! Bei der Hotline des Eisprungmessgerät-Herstellers wurde ich schnell

bekannt, und zwar bei allen Mitarbeiterinnen des Hauses. Da ich das Gerät 100%ig richtig anwenden wollte, um ja keine Chance zu verpassen, benötigte ich präzise Informationen, die der Bedienungsanleitung leider nicht zu entnehmen waren. Durch die Arbeit in meinem Unternehmen kannte ich mich mit Hotline-Mitarbeitern aus und, weil ich wusste, dass nicht jeder seine Hausaufgaben macht, stellte ich die eine und selbe Frage mehreren Mitarbeitern. Und tatsächlich: Das Wissensniveau der Telefonistinnen konnte unterschiedlicher nicht sein. Auch die Diskrepanz im Bezug auf Kundenfreundlichkeit oder Geduld bei der Beantwortung spezieller Fragestellungen, war frappierend. Jetzt werden Sie vielleicht denken, dass ich so eine Art Nervensäge war. Eine von solchen Kunden, deren Anekdoten gesammelt, um dann auf der Weihnachtsfeier unter lautem Gelächter vorgelesen zu werden. Schließlich wurde es bei uns in der Firma nicht anders gehandhabt, etwa mit Frau Hohenbecker, die wöchentliche Anruferin und Pillenversagerin.
Nun, so eine Kundin war ich nicht. Die Anwendung eines solchen Geräts ist nämlich keineswegs idiotensicher. Zum Beispiel wollte das Ding bei mir partout keinen Eisprung zeigen. Doch da ich nicht ohne weiteres akzeptieren wollte, dass ich

tatsächlich keinen Eisprung hatte, nahm ich an, dass mir ein Bedienungsfehler unterlief. Und tatsächlich erwischte ich eines Tages eine freundliche und gut vorbereitete Hotline-Mitarbeiterin, die mir erklärte, der Tropfen (Urin, damit wir uns verstehen) dürfe nur langsam ins Gerät hineinlaufen. Aus diesem Grund dürfte das Stäbchen nach dem Beträufeln nicht senkrecht, sondern nur waagerecht gehalten werden. Das hatten alle anderen Mitarbeiter vergessen mir mitzuteilen! Das war der Grund, wieso bislang kein Eisprung angezeigt wurde! Vielleicht war ich also doch fruchtbar und nur Opfer schlechter Hotline-Beratung…
An dieser Stelle kann ich alle Frauen beruhigen, die sich sehnlich ein Kind wünschen und sich um Coolness bemühen, damit ihre Eierstöcke ungestört ihrer Arbeit nachgehen können. Erstens ist schon der Begriff ‚sich um Coolness bemühen' ein Widerspruch in sich: Dieses Unterfangen ist zum Scheitern verurteilt. Zweitens kann ich mit gutem Gewissen behaupten, dass ich in Sachen ‚Uncoolness' nicht zu übertreffen war. Abgesehen von meinem Bekanntheitsgrad bei der Hotline des Gerätherstellers, hatte ich mich mit verschiedenen Schwangerschaftstests eingedeckt, also war ich auch in jeder Drogerie recht bekannt. Um ja nicht den richtigen Zeitpunkt zu verpassen, waren Martin und

ich außerdem jederzeit aktiv. Als ich im ersten Monat nicht schwanger wurde, fragte ich ihn bereits, ob er ein Problem damit hätte, seine Spermien untersuchen zu lassen. Ich glaubte schon gar nicht mehr daran, auf natürlichem Weg schwanger zu werden. Nicht desto weniger führte ich im zweiten Zyklus zwei Schwangerschaftstests durch und rief ein paar Mal bei der Hotline an, um nicht aus dem Rhythmus zu kommen.
In meinem Pharmaunternehmen pflegte ich mich immer über solche Kundinnen aufzuregen, die sich nicht an die Anwendungshinweise der Produkte halten. Bei der Durchführung der Schwangerschaftstests hatte ich mich auch nicht 100%ig an die Angaben gehalten. Ich wusste jedoch als Profi, wie großzügig die Toleranzgrenzen solcher Anleitungen aussehen. Heißt es zum Beispiel in der Packungsbeilage einer Verhütungspille, man solle sie mit einem vollen Glas Wasser einnehmen, dient dieser Hinweis nur dazu sicherzustellen, dass die Pille womöglich nicht am Gaumen kleben bleibt. Also nach dem Motto: Auch Idioten haben das Recht, nicht schwanger zu werden.
Da ich mich über allen Idioten dieser Erde erhaben fühlte, hielt ich die Angabe von fünf Minuten Wartezeit bis zum Erreichen eines zuverlässigen Ergebnisses des Teststreifens für übertrieben.

Geschätzte drei Minuten starrte ich auf das Fenster mit dem Testergebnis, dann warf ich den Test in den Mülleimer. Kein Streifen, kein Baby. Es handelte sich um einen sogenannten ‚Frühtest', der eine Schwangerschaft vorhersagen kann, bevor die Regel ausbleibt. Um ganz sicher zu gehen, wiederholte ich den Test fünf Tage später. Diesmal wartete ich nur geschätzte zwei Minuten auf das Ergebnis, da ich sicher war, nicht schwanger zu sein. Auch dieser Test landete im Mülleimer und ich schloss das Thema für jenen Monat ab.
Man sagt, dass eine Frau so etwas spürt. Die Veränderungen des Körpers und der Seele sind einnehmend. Das sensible weibliche Wesen spürt diese zarte und doch innige Verbindung mit dem Ungeborenen. Kurzum: Die Frau ist bereits Mutter während der Mann noch Bayern-München-Fan ist.
Nun, als Martin mich ein paar Tage später mit einem merkwürdigen Blick fragte, ob ich meine Regel schon bekommen hätte, ahnte ich, dass mir etwas entgangen war.
Mit tausend Schweißtröpfchen auf der Stirn sperrte ich mich auf der Toilette ein und wühlte im Mülleimer. Mit zitternden Händen holte ich die Tests wieder hervor. Beide positiv.
Und zum Thema Muttergefühle sei folgendes gesagt: Während ich wieder zum Telefon greifen wollte, um

die Hotline anzurufen, hatte Martin, der sich schon immer durch mangelhaftes Einfühlungsvermögen ausgezeichnet hatte, unser ungeborenes Baby bereits gespürt.

Capitolo sei – Salviamo Gino (Wir retten Gino)

“Nonna”, schrie ich in den Hörer. Wie gesagt, ich konnte nicht anders als schreien, wenn ich mit meiner Oma telefonierte.
„Kannst du auch leise schreien? Ich bin doch nicht dein Opa!“, schrie meine Oma entrüstet zurück.
„Nonna, ich habe Martins Hemden verfärbt. Was mache ich jetzt?“, fragte ich ein wenig verzweifelt. Wenn Martin herausfand, dass seine Hemden ebenfalls rosarot geworden waren, würde er mir den Orden ‚Dümmste Hausfrau der Welt‘ verleihen und auf den konnte ich getrost verzichten.
„La zia Maria ist heute zu Besuch gekommen“, teilte mir meine Oma mit.
NEIN!!! Es blieb mir nur zu hoffen, dass meine Tante (besser gesagt Großtante) gekommen war, um meiner Oma die wirksamste Methode bei verfärbten Hemden zu verraten. Leider wusste ich aber, dass der Grund ihres Besuchs ganz anderer Natur war, denn ich hatte gestern mit meiner Mutter telefoniert. So, jetzt war ich erledigt.
„Rate mal, wer heiratet?“, fragte mich meine Oma hinterhältig.

„Äh, *non so*…[38], vielleicht Rachele?“, stellte ich mich dumm.
Natürlich war es Rachele, die demnächst vor den Altar treten würde, das hatte ich bereits von meiner Mutter erfahren. Rachele, von der wir alle nie geglaubt hätten, dass sie je einen Mann abbekommen würde, geschweige denn, dass sich dieser Mann FREIWILLIG bereit erklären würde, den Rest seines Lebens mit ihr zu verbringen. Rachele, die mit fünfunddreißig, wie viele unverheiratete Italienerinnen und Italiener, immer noch bei ihrer Mutter, la zia Maria, wohnte. Rachele, die einen so schrecklichen Charakter hatte, dass selbst meine Oma vor ihr Respekt hatte. Tante Maria hatte es sich nicht nehmen lassen und hatte die ganze Verwandtschaft abgeklappert, um die tolle und unverhoffte Neuigkeit über ihre Tochter persönlich zu überbringen.
„*Giusto,*[39] es ist RACHELE!“, sagte meine Oma bedeutungsvoll und dann sagte sie nichts mehr.
Ich vermutete, dies war nicht der richtige Zeitpunkt, um meiner Oma von den Schwierigkeiten mit Martin zu berichten. Wenn man sich schon tagein tagaus mit einem Mann quälen muss, der einer Frau die besten Jahre ihrer Jugend stiehlt und das Leben zur Hölle

[38] Äh, non so: Äh, ich weiß nicht
[39] Giusto: Richtig

macht, dann sollte dieser Mann zumindest ein EHEMANN sein. Das war die Philosophie meiner Oma. Schließlich kannte sie sich mit infernalen Ehezuständen bestens aus. Sie war sozusagen eine Spezialistin auf dem Gebiet. Dass Martin und ich nicht wirklich gut miteinander auskamen, schien meiner Oma nicht viel auszumachen, aber dass wir nicht verheiratet waren, war für sie die wirklich große Katastrophe. Vor allem, da dieser Umstand ihre eigene Position gegenüber den verschiedenen Großtanten bedeutend schwächte.

„Äh, nonna“, sagte ich und versuchte den Angriff nach vorne. Es heißt ja, Angriff sei die beste Verteidigung. „Vielleicht ist Rachele schwanger und muss deshalb heiraten?“.

Ich horchte. Stille auf der anderen Seite der Leitung. Hatte ich es geschafft, meine Oma durch mein schnelles Verblüffungsmanöver lahmzulegen? Wenn ja, musste ich schnell agieren, bevor sie wieder zu Leben erwachte.

„Nonna, senti, ich rufe dich morgen wieder an. Ich muss jetzt los. Ciao“, und legte einfach auf. Puh, das war knapp gewesen.

Meine Oma war damals von Martin alles andere als begeistert gewesen. Sie hatte sich für mich einen Bankier oder einen soliden Geschäftsmann mittleren

Alters vorgestellt, der im Leben fest gesattelt war und mich *la bella vita*[40] machen ließ.
Als 1994 die Schneider-Affäre um den sensationellen Milliardenbetrug des Baulöwen Jürgen Schneider auch in Italien bekannt wurde, schien meine Oma endlich den richtigen Mann für mich gefunden zu haben.
Den Blick auf die italienische Tagesschau gerichtet, deutete sie auf den deutschen Immobilienbetrüger, der gerade in Handschellen von der Polizei weggeführt wurde.
„Guarda, so ein gestandener Mann in den besten Jahren, so einer wäre genau das Richtige für dich!“, sagte sie mir damals, als würde Jürgen Schneider zum Verkauf anstehen.
„Ma nonna, er ist ein Krimineller!“, wendete ich ein.
„Ja, aber er ist ein Mann, der mitten im Leben steht!“
„Naja, eher im Gefängnis...“, murmelte ich.
Nie konnte ich meine Oma mit meiner Männerwahl zufrieden stellen.
Für sie musste ein Mann Lebenserfahrung haben, über ein gut gefülltes Bankkonto verfügen und die Bereitschaft zeigen, großzügig damit umzugehen.
Martin, der sogar drei Jahre jünger war als ich, verfügte über keine dieser Eigenschaften und, was

---

[40] La bella vita: das schöne Leben

für meine Oma das Schlimmste war, er konnte zu allem Überfluss noch nicht mal Italienisch!

*

Die nächsten Wochen verbrachten wir Mädels mit der Organisation von Ginos Projekt. Zwischendurch kam ich mir vor wie eine Multifunktionsmaschine, denn ich hatte zusätzlich noch meinen Job zu erledigen, Sara zu betreuen und den Haushalt zu führen. Da ich den Job nicht vernachlässigen konnte und Sara nicht vernachlässigen wollte, litt der Haushalt notgedrungen unter der Mehrfachbelastung. Dies wiederum führte dazu, dass das Verhältnis zu Martin immer angespannter wurde. Eines Morgens war ich in Gedanken versunken aus dem Aufzug getreten und hatte unsere Mülltüte drinnen stehen lassen. Natürlich hatte sich keiner der Hausbewohner die Mühe gemacht, die Tüte wegzuwerfen und so fuhr sie den ganzen Tag von Stockwerk zu Stockwerk ohne je auszusteigen. Katrin erzählte mir später, dass sie die Tüte zwar gesehen, aber sie hatte gedacht, sie würde der Alkoholikerin aus dem dritten Stock gehören, die manchmal im Aufzug einschlief und selber stundenlang hoch und runter fuhr. Hätte sie geahnt, dass es meine Hinterlassenschaft war, hätte sie den Abfall selbstverständlich diskret verschwinden lassen. Wer die Mülltüte am Abend jedoch sah und die richtigen

Schlussfolgerungen zog, war Martin. Er trat in die Wohnung ein und hielt mir den stinkenden Beutel von hinten unter die Nase. Früher hatte er mich von hinten umarmt, wenn er von der Arbeit nach Hause kam.

„Erkennst du die wieder?“, fragte er mich, wobei er einen Schritt zurückwich, als ich mich umdrehte, um ihn anzuschauen. Jetzt war es schon so weit, er konnte noch nicht mal mehr meinen Anblick ertragen.

„Sollte ich?“, antwortete ich schlau mit einer Gegenfrage, denn man sollte sich niemals durch blöde Fragen an die Wand drängen lassen (der Trick stand ebenfalls in meinen Fortbildungsbüchern für die Arbeit).

„Sie stand ziemlich einsam und verlassen im Aufzug und sagte mir ‚Papa, bring mich nach Hause‘“.

„Haha, sehr witzig“, antwortete ich. Doch dann fiel es mir wieder ein: Ich war am Vormittag mit Tüte in den Aufzug getreten und ohne Tüte wieder ausgestiegen! Als ich am Nachmittag wieder nach Hause kam, hatte ich die Treppe genommen, weil Sara mit ihrem Regenschirm das Treppengelände traktieren wollte und so konnte ich die einsame Tüte im Aufzug nicht wieder entdecken. Keine Frage, ich war schuldig im Sinne der Anklage.

„Woher weißt du, dass das ausgerechnet unser Beutel ist?“, läutete ich meine Verteidigungsrede ein. Schließlich stand ja kein Name dran und man ist vor dem Gesetz solange unschuldig, bis einem die Schuld nachgewiesen wird.
„Wie viele Leute haben wir im Haus, die an einem einzigen Abend zwei Packungen Toffifee und drei Schokopuddings verdrücken?
Mist, es kannte mich doch zu gut! Um die Nerven zu beruhigen, hatte ich in letzter Zeit zu unkontrolliertem Zuckerkonsum geneigt. Das schien ihm nicht entgangen zu sein. Und Toffifee waren immer meine erste Wahl, wenn es um Schokolade ging, das wusste er auch! Verdammt, wieso waren Mülltüten auch durchsichtig?
Möglichst würdevoll riss ich ihm den Beutel aus der Hand und stürmte, ohne einen Gedanken an meine Aufmachung zu verschwenden, die Treppe zur Mülltonne hinunter. Im Treppenhaus kam mir Katrin entgegen, die mich entgeistert anstarrte.
„‘'nabend“, rief ich ihr zu und lief eilig weiter.
„Laura?“
„Hm?“, drehte ich mich um.
„Äh... du hast da was“, sagte sie und zeigte auf mein Gesicht.
AHHHH, dachte ich entsetzt: Die grüne Maske, die mir Simona ans Herz gelegt und ich mir im Gesicht

verteilt hatte! Laut Simona würde die Haut nämlich beleidigt reagieren, wenn man unter Stress stand und man musste schnell eingreifen, wenn man nicht nach kurzer Zeit wie eine schrumpelige Rosine aussehen wollte. Mit ausgerechnet dieser giftgrünen Maske, die mich vor einer schnellen Hautalterung retten sollte, lief ich gerade durch das Treppenhaus! Und das war noch nicht einmal das Schlimmste an meinem Outfit: Um die hartnäckigen Fettpolster an Hintern und Oberschenkel zu bekämpfen, hatte ich zusätzlich eine Fangopackung auf die betroffenen Stellen aufgetragen und die dazugehörige durchsichtige Plastikhose angezogen, die laut Hersteller das Eindringen der Wirkstoffe begünstigen sollte. Ich konnte von Glück sprechen, dass ich noch einen Tanga-Slip darunter trug! Wie der Zufall in solchen Situationen immer so will, gingen in diesem Moment die Haustür und mehrere Wohnungstüren auf. Binnen Sekunden wurde das Treppenhaus von einem Duzend Menschen bevölkert, die in den Genuss meiner ungewöhnlichen Erscheinung kamen. Natürlich erkannten alle Hausbewohner durch diverse Begleitfahrten auch die Mülltüte wieder und so war die *figura di merda*[41] für jenen Tag perfekt. Es hätte mich auch nicht gewundert, wenn Barbara, meine Erzfeindin, durch die Haustür getreten wäre

---

[41] Müssten Sie inzwischen verstanden haben

und mich in ihrer makellosen Erscheinung von oben bis unten gemustert hätte.
In diesen Zeiten heftiger geistiger Verwirrung versuchte ich Sara, so gut es ging, überallhin mitzunehmen und vor allem nirgendwo zu vergessen. Zu Gino, der die notwendigen Renovierungsarbeiten unter der Anleitung von Michela begonnen hatte, musste Sara bereits mehrmals mitkommen. Damit wir zusammen mit Simona die Details für den geplanten Aperitivo besprechen konnten, musste diese allerdings ebenfalls ihre drei Kinder mitnehmen und so wurden solche Treffen sehr laut und chaotisch, denn alle Kinder rannten durcheinander und schrien sich an. Gino schien kein Problem damit zu haben. Er sagte immer, das würde den Laden beleben und tatsächlich reckten die Passanten den Kopf nach uns, wenn sie vorbeikamen und den Lärm bemerkten. Trotzdem trat nie jemand ein, unter anderem, weil es bei Gino so aussah wie auf einer Baustelle. Na wartet, dachte ich, das wird sich ändern. Vielleicht, fügte ich in Gedanken hinzu, denn der Erfolg dieser Aktion lag noch in den Sternen.
Aber der Innenarchitekt Alex, den Michaela organisiert und den ich noch nicht kennengelernt hatte, leistete scheinbar gute Arbeit. Gino war von

seinen Vorschlägen begeistert und fügte sich bereitwillig seinen Renovierungsplänen.
In unserer Agentur lagen tonnenweise Einrichtungszeitschriften mit rot eingekreisten Bildern herum, die als Quelle der Inspiration dienten. Dadurch, dass Michela hauptsächlich am Abend mit ihren Italienisch-Kursen beschäftigt war, hatte sie tagsüber genügend Zeit, sich um das Projekt zu kümmern, was sie mit dem üblichen Pragmatismus und Engagement machte.
Ilaria hatte sich ebenfalls ins Zeug gelegt, und eine üppige Gruppe gutaussehender und sympathischer Italiener zusammengestellt.
Nach einigen Diskussionen mit ihr hatte ich mich bereit erklärt, mich am Eröffnungsabend von Ginos Lokal der Italiener-Gruppe anzuschließen und zur italienischen Folklore beizutragen. Sie hatte mir nämlich versichert, dass ich ‚für mein Alter‘ eine noch recht *bella figura* machte und, bei entsprechender Aufmachung, sehr gut zu den anderen passen würde.
Wir hatten uns bei einem freundlichen Roller-Händler eine gebrauchte, rote Vespa besorgt, mit der wir zusammen zu unseren Agentureinsätzen fahren wollten. Katrin hatte gemeint, zwei Italienerinnen auf dem Roller würden noch typischer nach Italien aussehen als nur eine Italienerin.

Die Vespa war ein nostalgisches Modell mit rundem Scheinwerfer, viel Chrom und mit dem klassischen 2-Takt-Motor, der so schrill wie ein aufgezogenes Spielzeugauto klingt.
Da ich noch nie zuvor Roller gefahren war, brauchte ich eine Weile, bis ich damit vertraut wurde.
„Dann sitzt du eben hinten und ich fahre!“, meinte Ilaria.
„No, no, ich möchte kein Risiko eingehen, ich habe ein kleines Kind!“, lautete meine Antwort und ich übte eifrig weiter.
Nach ein paar ungewollten Vollbremsungen und misslungenen Kurven hatte ich jedoch binnen kurzem den Dreh heraus. Es machte mir richtig Spaß, mir beim Fahren den Wind um die Nase wehen zu lassen und ich hatte das Gefühl, nie im Leben etwas anderes gemacht zu haben. Keine Frage, da musste ich Katrin bei allen Klischees recht geben: Italiener haben das Rollerfahren einfach im Blut.
Für Sara hatte ich einen Kinderhelm besorgt und sie schien die Freude am Rollerfahren ebenfalls in den Genen zu haben.
Als ich einmal mit meiner Vespa auf den Parkplatz ihres Kindergartens vorfuhr, rief Marks Vater, der größte Prolet aller Zeiten, begeistert aus:
„Ah, Italiano, äh!“, und vereinte die Fingerspitzen seiner rechten Hand in der für Deutsche typischste

italienische Geste. In Bezug auf diese Geste spüre ich schon seit längerer Zeit das Bedürfnis, etwas zu erörtern, da sie in Deutschland häufig im falschen Zusammenhang verwendet wird. Im Gegensatz zu dem, was viele Nicht-Italiener denken, hat diese sich auf und ab bewegende Hand mit den vereinten Fingerspitzen keine prinzipiell negative Bedeutung und wird auch nicht wahllos eingesetzt, um eine beliebige Aussage zu unterstreichen. Vielmehr wird diese Art der nonverbalen Kommunikation dann verwendet, wenn man eine Frage unterstreichen möchte oder gar anstelle einer solchen, wenn der verbale Austausch nicht möglich ist (typischerweise im Straßenverkehr, wo diese Geste, an einen anderen Autofahrer gerichtet, etwa: ‚Geht's noch?', ‚Bist du ganz bei Trost?', oder aber auch ‚Wo hast du deinen Führerschein her?' bedeuten soll. Bei einer guten Freundin angewendet, die man von Weitem sieht, kann man mit dieser Handbewegung die Frage: ‚Wo gehst du gerade hin?' andeuten. Ich kann Ihnen deren Einsatz in Italien wärmstens empfehlen, denn man verfehlt mit dieser praktischen Geste selten sein Ziel).
Auf dem Ausruf von Marks Vater antwortete ich daher mit exakt derselben Handbewegung, was in meinem Fall jedoch eher die Frage ‚Wie doof bist du

eigentlich?‘ geschickt kaschieren sollte und so waren wir beide zufrieden.
Alle meine deutschen Bekannten meinten, ich würde auf dem Roller noch italienischer aussehen als ich es mit meinen schwarzen Haaren und dunklen Augen ohnehin schon tat und damit eine Brise willkommenes Urlaubsfeeling um mich verteilen würde. Tatsächlich ernte ich stets Lächeln, und von einigen Männern sogar begeisterte Ausrufe, wenn ich mit Kleid, hohen Schuhen und Sonnenbrille auf meiner Vespa vorbeiflitze. Das ist einer der Vorteile, als Italienerin in Deutschland zu leben. In Italien würde kein Hahn nach mir krähen.

*

„Agenzia ‚Frag mich nach Sonnenschein‘?“, meldete sich Ilaria in unser Firmenhandy und gestikulierte aufgeregt in meine Richtung. Bislang hatten nur Gino und wir Mädels diese Nummer gewählt. Heute schien aber jemand anders dran zu sein.
„Sí…sí…sí“, säuselte Ilaria möglichst professionell in den Hörer.
Aha, ein mitteilungsfreudiger Italiener, dachte ich und stellte Ilaria mit der berühmten Handbewegung die Frage „Wer ist dran?“. Ilaria bedeutete mir näher zu kommen und, weil es tatsächlich ein Italiener war, konnte ich noch aus guter Entfernung mithören.

„...richtig italienisch soll es sein, wie bei uns in Italia, capito? Mit allem drum und dran!“, sagte jetzt unser Landsmann ziemlich aufgebracht.
„Machen Sie sich keine Sorgen, wir kümmern uns um alles“, sagte Ilaria und nachdem sie eine Telefonnummer notiert hatte, legte sie auf und schaute mich zufrieden an.
„Was war das, Ila?“, fragte ich sie, weil ich den Anfang verpasst hatte.
„Das war Fernando, ein Kumpel von Gino. Er braucht dringend unsere Dienste“
„Was genau für Dienste?“, und schaute sie argwöhnisch an. Bei Ilaria wusste man nie.
„Seine Tochter will heiraten. Aber weil ihre Wahl auf einen Deutschen gefallen ist, Kurt, ist Fernando alles andere als glücklich“. Das war typisch. Erst wandern Italiener ins Ausland aus und dann soll alles, vom Essen bis hin zum Schwiegersohn, italienisch sein.
„Aha, und was sollen wir machen? Die beiden auseinander bringen?“
„Nicht direkt. Um zu testen, ob der Bräutigam weiß, was es bedeutet, in eine italienische Familie einzuheiraten, will Fernando, dass wir für die beiden eine richtig große italienische Hochzeit organisieren, mit allem drum und dran. Braut und Bräutigam sollen von Anfang an alle Vorbereitungen mitbekommen.“

„Und wenn der zukünftige Schwiegersohn nicht spätestens bei der Zusammenstellung des Menüs abspringt, dann weiß Fernando, dass er es ernst meint?“, beendete ich die Überlegungen.
„Genauso hat er sich auch ausgedrückt!“, lachte Ilaria.
Das muss man Italienern schon lassen, an Kreativität in schwierigen Situationen mangelt es uns nicht.
„Es hört sich interessant und ein bisschen verrückt an“, sagte ich.
„Sí, das wird ganz witzig!“, schrie Ilaria und klatschte begeistert in die Hände.
„Das können wir aber erst nach Ginos Projekt in Angriff nehmen. Wir haben auch so genug zu tun“.
„Du hast recht, ich rufe ihn an und vertröste ihn auf übernächste Woche. Wenn es eine italienische Hochzeit werden soll, dann brauchen wir mindestens ein halbes Jahr Planung. Meine Kusine hat ihre Hochzeit zwei Jahre im Voraus geplant, weil ihr Lieblingsrestaurant ausgebucht war!“.
Ja, so lief das in Italien. Spontane und einfache Hochzeiten gab es bei uns nicht.
Wenn Kurt Fernandos Tochter heiraten wollte, musste er sich warm anziehen.
Es versprach, ein spannendes Projekt zu werden und ich freute mich darauf, aber unsere ganze Energie galt jetzt Gino.

*

Je näher der Eröffnungstag von Ginos Laden heranrückte, desto nervöser wurde ich. Würde unser Plan funktionieren? Und was wäre, wenn das Lokal bis auf unsere Statisten leer bliebe? Konnte ich eine solche Niederlage überhaupt verkraften? Meiner Mutter, der ich von unserem Vorhaben erzählte, hatte erwartungsgemäß mit wenig Begeisterung reagiert.

„Und das soll funktionieren?“, hatte sie mich zweifelnd gefragt.

„Sí, mamma, das wird funktionieren“, sagte ich trotzig, jedoch keineswegs überzeugt.

„Aber woher weißt du das?“

„Natürlich weiß ich es nicht, aber ich glaube es“, hatte ich nahe der Verzweiflung geantwortet.

„Und was ist, wenn es nicht klappt?“, ließ sie nicht locker und damit hatte sie mich fast schon so weit, dass ich kurz davor stand, alles hinzuwerfen. Es wird allgemein angenommen, dass der Einfluss der eigenen Eltern ab einem gewissen Alter abnimmt. Der Meinung bin ich nicht. Ober glauben Sie, dass Mark Zuckerberg es so weit gebracht hätte, wenn ihm seine Eltern ständig mit Fragen wie ‚Aber wozu soll denn so ein Facebook gut sein?‘ oder ‚Glaubst Du, irgendein Schwein wird bei deiner komischen Website mitmachen?‘ in den Ohren gelegen hätten?

Ich persönlich glaube es nicht. Als gute Amerikaner, die sie nun mal waren, hatten sie ihm bestimmt pausenlos irgendwelche Glaubenssätze à la ‚Verwirkliche dich selbst', ‚Du bist der amerikanische Traum' und ‚Du schaffst es bestimmt!' eingebläut. Klar, dass der gute alte Zuckerberg dadurch weniger Zeit mit Selbstzweifel verbracht hatte als mit der Realisierung seiner Träume und der Erfolg nicht lange auf sich hatte warten lassen. Nach vollendeter Tat hatten ihn seine Eltern sicherlich in die Arme genommen und gesagt: ‚Wir haben die ganze Zeit gewusst, dass du es schaffen würdest, du bist super!'.

Ich für mein Teil musste mich immer wieder selber motivieren und aufbauen, um meine innere Stimme zu überhören, die eher Sätze wie ‚Das schaffst du nie' und ‚Was hast du Dir wieder für einen Blödsinn ausgedacht?' von sich gab.

Martin war mir in diesen Zeiten eher wackligen Selbstbewusstseins auch nicht gerade eine Hilfe. Er schien das Ganze aus der Ferne zu beobachten und enthielt sich jeglichem Kommentar, geschweige, dass er mich ermuntert hätte, mich und meine Träume zu verwirklichen.

Nun ja, nicht jeder kann ein milliardenschweres Social Network auf die Beine stellen, sonst könnte man sich bald vor Freunden nicht mehr retten.

*

Eine Woche vor der geplanten Eröffnung, betrat ich mit Sara unsere Agentur und musste feststellen, dass die ganze Fläche von rund zehn Quadratmetern von einem riesigen Stück Stoff belegt war.
Michela hantierte mit diesem Stoff und schüttelte unentwegt den Kopf.
„Michela, *che cos'é*[42]?"
„Das ist die Markise von Ginos Bruder. Sie ist leider total versifft"
„Schade. Dann lassen wir es einfach, oder?"
„Sei matta?[43] Schau dir das an, das ist eine echte italienische Markise, beste Qualität!"
„Hier gibt es doch auch welche zu kaufen!", versuchte ich Michela zu beschwichtigen.
„Ja, aber das ist eine Original 80er-Jahre-Markise von einer italienischen Bar. Sobald die Leute sie sehen, fühlen sie sich automatisch wie in Italien. Solche Assoziationen laufen unbewusst ab!".
Sara stieg begeistert auf die Markise und fing an, Purzelbäume zu vollführen. Ich hatte keine Angst, dass sie sich beschmutzen würde, denn wir waren beide ohnehin schon durch Bastelknete, Glitzerfarben und Filzstiften völlig verdreckt.

---

[42] Che cos'è?: Was ist das?
[43] Sei matta?: Bist Du verrückt?

In dem Moment kam Katrin herein und schaute auf die Markise.
„Hey! Das ist eine Markise aus Italien, oder?“
Michela warf mir einen triumphierenden Blick zu.
„Woran merkst du das?“, fragte ich sie.
„Keine Ahnung, das sieht man gleich. Vielleicht an den Streifen?“.
„Hast du eine Idee, wie sie wieder sauber wird?“.
„Ja, die Reinigung um die Ecke hat ein Hochdruckreinigungsgerät. Ich weiß es, weil ich einmal meinen Teppich mit Rotwein beschmutzt hatte und sie haben den Fleck wieder herausbekommen!“.
Ich schaute auf das riesige Stück Stoff zu meinen Füßen.
„Ich gehe davon aus, sie machen keine Hausbesuche, oder?“
„Nein, aber ich habe eine Idee! Vor unserem Haus steht ein verlassener Einkaufswagen. Damit kann man es bestimmt transportieren!“, sagte Katrin und flitzte los, um ihn zu holen.
Zehn Minuten später schob ich eine versiffte Markise in einem Einkaufswagen vor mir her. Dadurch unterschied ich mich kein bisschen von den Pennern, die den ganzen Tag auf dem Platz vor unserem Haus herumlungerten. Einige von ihnen lächelten mir sogar zu, als ich an ihnen vorbeiging und ein bisschen

fühlte ich mich, als würde ich zu ihnen gehören. Sara, die unbedingt hatte mitkommen wollen, schrie die ganze Zeit, weil sie den Wagen schieben wollte. Gerade als sie beschlossen hatte, der Dramatik ein i-Tüpfelchen zu verpassen und sich theatralisch zu Boden fallen zu lassen, kam mir Barbara entgegen. Super, das hatte mir gerade gefehlt.
„Ciao Laura“, sagte sie und sah mich mit erhobenen Augenbrauen an. Sie trug ein Kostüm, eine zweireihige Perlenkette und war makellos geschminkt, und das obwohl sie nicht von der Arbeit kam. Die Frau musste man einfach hassen!
„Ciao Barbara“, sagte ich und schaute verschämt auf meine Tochter, die sich heulend auf dem Boden wälzte. Barbara nahm meine verdreckte Aufmachung wahr und ließ den Blick über den Einkaufswagen gleiten.
„Warst du einkaufen?“, fragte sie mich blöd.
Ja klar, ich kaufe immer versiffte Markisen ein. Davon kann man zu Hause gar nicht genug haben.
„No, es ist für den Job, weißt du“, antwortete ich ebenfalls blöd, denn mir war klar, dass diese Erklärung auch nicht mehr Sinn ergab.
„Ach ja, du Arme. Du musst ja arbeiten! Ich weiß gar nicht, wie du das machst. Ich bin mit der Erziehung meiner Kinder komplett ausgelastet“, sagte sie und

schaute vielsagend auf Sara, die sich nicht beruhigen wollte.
Entgegen der verbreiteten Meinung im Ausland, sind fast alle Frauen in Italien, die das Glück haben, eine Arbeit zu finden, berufstätig, während die Kinder am Nachmittag meist von den Großeltern betreut werden. Barbara war nicht nur eine Ausnahme, sondern vertrat außerdem die Meinung, dass Frauen zu Hause bleiben sollten, um sich um Mann, Haushalt und Kinder zu kümmern.
„Piero will nicht, dass ich arbeite. Er sagt, er ist glücklich, wenn er nach Hause kommt und mich dort vorfindet. Er verdient auch genug für uns alle. Sieh mal, was er mir geschenkt hat!", sagte sie und zeigte auf ihre Perlenkette.
Nun hatte ich es wirklich eilig, weiterzugehen. Mit letzter Kraft hievte ich Sara in den Einkaufswagen und verabschiedete mich so schnell es ging von Barbara.

*

Endlich war es so weit: Ginos Bar würde heute wiedereröffnen und ich konnte vor Aufregung kaum atmen. Michela war am Nachmittag bei mir gewesen und hatte erzählt, dass das Interieur nun zu ihrer ‚vollsten Zufriedenheit' aussehen würde. Das letzte, was ich in Ginos Laden gesehen hatte, als ich die saubere Markise abgegeben hatte, war ein Haufen

Plastikplanen und ausrangierten Müll gewesen. Ich wusste jedoch, dass ich mich auf Michela und ihrem Innenarchitekten voll und ganz verlassen konnte. Auch in anderer Hinsicht war heute ein besonderer Tag: Genau sieben Jahre zuvor hatte ich Martin kennengelernt. Obwohl sich unsere Beziehung in einer Spirale nach unten bewegte, hatte ich die seltsame Hoffnung, dass es mit uns nach dem Vollendung des berüchtigten siebten Jahrs wieder aufwärts gehen würde. Aus diesem Grund hatte ich ihm in Erinnerung an unser Kennenlernen und als gutes Omen für die Zukunft ein Abendessen in dem Lokal geschenkt, in dem wir uns zum ersten Mal getroffen hatten. Mit der Einladungskarte hatte ich mir viel Mühe gegeben: Ich hatte das Tischchen mit der Sitzecke fotografiert und unsere zwei Gesichter und ein Herz mit dem Satz ‚Wir haben hier aber ein schönes Plätzchen!' hinzu retouchiert. Das Essen sollte am morgigen Abend stattfinden. Mit der Übergabe wollte ich jedoch warten, bis er mir sein Geschenk überreichen würde. Bislang war es nicht geschehen.

„In eine halbe Stunde holt mich Ilaria ab", sagte ich ihm mit Blick auf die Uhr.

Martin schaute mich fragend an.

„Du weißt schon, wegen Ginos Eröffnung. Deshalb sollst du heute auf Sara aufpassen".

„Ja, in Ordnung“, beschied er mir knapp und beschäftigte sich weiter mit seiner Zeitung.
Sara war in ihr Spiel vertieft und hörte nicht, wie mein Herz zu Bruch ging. Er hatte es vergessen. Er hatte unseren Jahrestag vergessen. Ich konnte es nicht glauben, denn trotz allem hatten wir gemeinsam viele Tiefen aber auch viele Höhen erlebt, wir hatten eine wunderbare Tochter zustande gebracht, aber, vor allem, waren wir immer noch zusammen. Das müsste doch etwas heißen!
Als Ilaria bei mir klingelte, war ich sehr niedergeschlagen. Trotzdem hatte ich nach ihren Anweisungen ein rotes Wickelkleid und rote Highheels angezogen und ein rotes Seidentuch locker um den Hals gewickelt. Eine überdimensionierte Sonnenbrille mit Glitzersteinchen von Valentino rundete mein Outfit ab. Durch mehrere von Ilaria verordnete Sonnenbank-Sitzungen war ich außerdem so braun wie man sich eine Italienerin vorstellt. Meine schwarzen Haare hatte ich mit dem Glätteisen so lange traktiert bis sich ein verbrannter Geruch durch die Wohnung verbreitet hatte.
„Mamma, grillst du ein Hühnchen?“, hatte mich Sara gefragt.
„Äh, no, es sind meine Haare, Püppchen“.
„Mamma? Wieso verbrennst du dir die Haare???“.
„Ich verbrenne sie nicht, ich glätte sie!“.

„Aber es riecht genau wie damals, als Benny zu nah an die Kerze gekommen ist und dann seine Haare Feuer gefangen haben! Im ECHT, mamma! Und dann haben alle Kinder ihm Wasser auf den Kopf geschüttet, aber das durften wir, denn die Lehrerin hatte es auch gemacht. Soll ich Dir auch Wasser auf den Kopf schütten?“.
„NEIN!“, schrie ich, denn das hätte meine Bemühungen zunichte gemacht. Laut Ilaria haben Italienerinnen nach dem aktuell gängigen Klischee schwarze, glatte Haare. Meine Naturwelle musste also mit Gewalt plattgemacht werden, koste was es wolle.
„Mamma?“.
„Hm?“.
„Gehst du heute zum Zirkus?“.
„Wie kommst du darauf, Püppchen?“, und schaute sie erstaunt an.
„Weil du so aussiehst wie der Clown Peppino. Der hat auch so einen roten Mund!“.
Zum Glück gibt es Kinder, die einen richtig aufbauen. Als ich Ilaria sah, traf mich der Schlag. Sie hatte keine blonden Haare mehr sondern eine schwarze, fast hüftlange Mähne! (Später erfuhr ich, dass es sich um eine Perücke handelte). Außerdem trug sie eine knallenge Dreiviertelhose in grün und einen wunderschönen weißen Top, der ihre ebenfalls

knackbraunen Arme (wir lagen meistens der Unterhaltung wegen in benachbarten Solariumkabinen) schön zur Geltung brachte. Ein rotes Seidentuch und rote, schwindelerregende Stilettos vollendeten Ilarias perfekt italienische Erscheinung. Keine Frage, Ilaria hatte *gusto*[44]. Mir ging durch den Kopf, dass wir diese Fähigkeit für unsere Agentur stärker einsetzen mussten. Aber dazu wollte ich mir später Gedanken machen. Jetzt war ich viel zu aufgeregt.

Ich scheuchte sie vom Fahrersitz der Vespa und wir flitzten los. Auf dem Weg zu Ginos Lokal ernteten wir eine Menge bewundernde Blicke und viele Autos hupten uns hinterher. Wir waren ja auch ein besonderer Anblick. Mit dem Wetter hatten wir Glück gehabt, für Mitte Mai war es recht warm und viele Leute waren unterwegs, um die ersten sommerlichen Sonnenstrahlen zu genießen.

„Ilaria, meinst Du, Gianluca und die anderen sind schon da?“, fragte ich sie an einer Ampel. Der Porsche-Fahrer neben uns sah aus, als würde er einen Herzinfarkt bekommen, so wie er uns mit heraushängender Zunge anstarrte. Bei seinem Alter wäre es auch kein Wunder gewesen.

„Sí, sí, mach dir keine Sorgen“, sagte sie und strich sich lasziv über ihre Perückenhaare, um den armen

---

[44] Gusto: Geschmack

Mann ganz bewusst ins Schwitzen zu bringen. Das Biest.
Ich machte mir aber Sorgen. Überhaupt kam mir das ganze Unterfangen vollkommen schwachsinnig und hirnrissig vor. Was hatte ich mir dabei gedacht? Immerhin hatte ich die letzten Tage darauf verzichtet, irgendein Mitglied meiner Familie anzurufen, was meine Selbstzweifel nur verstärkt hätte.
Als ich die letzte Kurve vor Ginos Lokal fuhr, setzte mein Herz für einen Augenblick aus, um dann mit Vollgas wieder zu schlagen zu beginnen. Ginos Bar war schon von weitem zu sehen. Das Schild mit dem T, seitlich an die Wand angebracht, und die gestreifte Markise funkelten in alt-neuem Glanz. Ja, es sah aus wie in Italien. Vor dem Lokal parkten etliche Vespas und eine unglaubliche Traube Menschen stand mit Gläsern, Flaschen, Chipstüten und kleinen Häppchen davor. Es waren ausnahmslos Italiener und sie unterhielten sich, gaben sich Küsschen, lachten und sprachen laut in ihre Handys; alles gleichzeitig. Die Männer trugen schöne, taillierte Hemden, die bis zum Brustbein offen standen, lässige Jeans und coole Sneakers. Die Frauen trugen Kleider, Stilettos und Designer-Taschen. Sie sahen alle wunderschön aus.
Als wir unsere Vespa parkten und uns an ihnen vorbeidrängelten, um nach drinnen zu gelangen,

pfiffen die meisten Männer und stießen sich gegenseitig mit dem Ellenbogen in die Rippen. Wenn wir uns Sorgen gemacht hatten, dass der Laden leer bleiben würde, so hatten wir uns gründlich getäuscht: Ginos Bar platzte aus allen Nähten.
„Gino!“, schrie ich durch die Menge hindurch, „Was ist hier los?“
Gino schaute mich von seinen *aperitivo*-Häppchen freudestrahlend an. Zur Feier des Tages hatte er sich ganz in schwarz angezogen und trug, wie sein berühmter verstorbener Doppelgänger, eine weiße Schärpe um den Hals. Einzig durch die bodenlange, ebenfalls weiße Schürze war er als Gino erkennbar.
„Laura, *hai visto? Pieno cosí*[45]“, sagte er und vereinte alle Finger einer Hand, um zu verdeutlichen, wie voll es war.[46]
Ich schaute mich um. Offensichtlich hatte sich die Aktion durch die Mund-zu-Mund-Propaganda verselbstständigt und nun trafen sich alle in München lebende Italiener in Ginos Lokal, um zu quatschen und kostenlosen Aperitivo zu konsumieren.

---

[45] Pieno cosí: So voll
[46] Die Finger sind vereint aber die Hand darf sich bei dieser Geste nicht bewegen, sonst siehe Erklärung weiter oben!

„*Vuoi*?[47]“, fragte mich Gino und hielt mir eine verführerisch duftende Oliven-Focaccina unter die Nase.
„No, grazie. Gino, senti, es sind zu viele Statisten. Für zahlende Kunden gibt es keinen Platz!“.
„Du hast Recht“, hörte ich einen Mann zu meiner Rechten. Er sprach perfekt Deutsch, sah jedoch ziemlich italienisch aus und passte sehr gut zu der anwesenden Menge.
„Ach ja?!“, schaute ich ihn erstaunt an.
„Ja, lass mich mal machen!“, sagte er und entfernte sich in die Menge.
„Ilaria, *chi é quello*?[48]“, fragte ich überflüssigerweise, denn Ilaria stand in fünf Meter Entfernung und knutschte mit Emanuele. Die anderen zwei Jungs, Stefano und Gianluca, hatte ich in der Menge ebenfalls kurz gesehen, sie schienen sich jedoch vor lauter Spaß nicht an mich zu erinnern.
Der Einsatz des unbekannten Fremden zeigte Wirkung, denn binnen kurzem leerte sich das Lokal merklich und ich konnte es endlich in Augenschein nehmen.
Michela hatte wirklich gute Arbeit geleistet. Die Tische und der Tresen waren zwar erhalten geblieben, wirkten jedoch durch eine zarte weiße

---

[47] Vuoi?: Willst Du?
[48] Chi é quello?: Wer ist das?

Lasur deutlich weniger wuchtig. Die Stühle mit Polsterung waren verschwunden und an ihre Stelle waren kleine Drehsessel mit weißem Lehnen und Chromständer hingestellt worden. Die Wände waren zartrosa gestrichen und hatten die für die 80er-Jahre typische Struktur des *stucco veneziano*[49]. Alle Scheußlichkeiten, die Gino im Laufe der Jahre gehortet hatte, waren geputzt und poliert und auf einen modernen, beleuchteten Wandboard hinter einer Glasscheibe platziert worden. Schließlich waren sie Raritäten aus alten Zeiten und hatten einen Ehrenplatz verdient. So sahen sie toll aus!
Ein für Italien typischer Ständer für kleine Chipstüten, eine Eistruhe mit der Schrift ‚Algida' und ein Flipper-Spielgerät waren ebenfalls geschickt platziert worden und strahlten den Flair einer Bar in Rimini oder Riccione aus. Das Nostalgische stand allerdings nicht alleine da, sondern bildete einen interessanten Kontrast mit den supermodernen Elementen wie den Chromleuchten und den grazilen weißen Drehhockern am Tresen. Aus dem Schaufenster waren die Gardine und die vertrocknete Pflanze verschwunden. Einzig die schöne Schrift ‚Bar da Gino' in typisch kugelbauchförmigen 80er Jahre-Buchstaben

[49] Stucco veneziano: Venetianischer Stuck

verzierte die glänzend polierte Glasscheibe. Alles in einem eine sehr gelungene Arbeit.
„Gefällt es dir?“, fragte mich der Fremde, der von seiner Wegscheuch-Tour zurückgekommen war.
Ich starrte ihn an. Was stellte er mir für Fragen? Und war das für ein komisches Kauz?
„Äh, ja…“, antwortete ich und folgte ihm ungläubig mit den Blicken, während er das Wandboard zurecht rückte.
„Laura! Das ist Alex, mein Innenarchitekt!“, sagte jetzt Gino, der hinter seinem Tresen hervorkam. „Er hat super Arbeit gemacht, findest du nicht?“, und klopfte ihm herzlich auf die Schulter.
Natürlich, Alex, Michelas Innenarchitekt! Wäre ich nicht so aufgeregt gewesen, hätte ich selbst darauf kommen können!
„Hey, Alex, du siehst aber gut aus!“, sagte jetzt Ilaria, die sich offensichtlich von Emanuele losgelöst hatte, und gab Alex zwei Küsschen.
Hey, er sah aber wirklich gut aus! Dunkelbraune Haare, markante Gesichtszüge, eine sportliche Figur, tolle Klamotten. Bei genauem Hinsehen hatte er graue Schläfen, die jedoch nicht weiter störten und ihn noch anziehender machten. Er sah mich durchdringend an und für einen Augenblick dachte ich, meine Beine würden mich nicht mehr halten.

„Du hast eine tolle Idee gehabt“, sagte er jetzt „Wie heißt deine Agentur?“
„Frag mich nach Sonnenschein!“, antwortete ich und genierte mich ein bisschen über den komischen Einfall.
„Toller Name! Ja, dann werde ich ‚Frag mich nach Sonnenschein‘ demnächst kontaktieren. Ich benötige für mein italienisches Inneneinrichtungsgeschäft auch ein paar Klischees. Glaubst Du, Ihr habt demnächst Zeit für mich?“, und lächelte mich mit ebenmäßigen, weißen Zähnen an.
Ich nickte und wurde zehn Zentimeter kleiner. So fühlen sich also frustrierte Hausfrauen, die sich hoffnungsvoll in den Metzger verlieben, nur weil er ihnen freundlicherweise Trennpapier zwischen die einzelnen Wurstscheiben legt. Ich war inzwischen so wenig an Charme seitens eines männlichen Wesens gewöhnt, dass ich mich bei einem solchen Lächeln wie ein verlegener Teenager fühlte.
Inzwischen füllte sich das Lokal wieder, jedoch diesmal mit echtem, zahlendem Publikum. Gino kassierte fünfzehn Euro für den ersten Aperitivo und für ‚all you can eat‘-Häppchen und freute sich riesig. Bald standen Leute Schlange vor dem Lokal. Italienisches und deutsches Publikum vermischte sich fröhlich und alle waren in bester Feierlaune. Draußen blockierten die vielen Leute und die Vespas den

Bürgersteig und das führte dazu, dass noch mehr Leute hineinwollten. Ilaria und ich grinsten uns an, während wir in unsere Handys schrien, um Michela und Simona Bericht zu erstatten. Wir waren euphorisch, es hatte alles wunderbar geklappt!
Auf einmal klopfte mir jemand auf die Schulter.
‚Martin!', war mein erster Gedanke.' Er überrascht mich, also ist doch nicht alles verloren!'
„Herzlichen Glückwunsch, Süße!", rief mir Katrin entgegen und lächelte wie ein Honigkuchenpferd.
„Äh, danke, Katrin".
„Freust du dich denn nicht? Das hat doch super geklappt! Die Leute sind begeistert, und weißt du was?"
„Was denn?"
„Ich habe es die ganze Zeit gewusst, du bist super!", sagte meine Freundin und umarmte mich herzlich.
„Der Erfolg ist auch dir zu verdanken, Katrin!", sagte ich und löste mich sachte aus der Umarmung, weil die Emotionen drohten, mich zu überwältigen.
Um auf andere Gedanken zu kommen, holte ich für uns beide einen Teller voll mit leckeren Häppchen und zwei Aperol-Spritz. Das Essen war köstlich. Simona und Gino hatten viel Fantasie bewiesen, denn man hatte die Qual der Wahl zwischen klitzekleinen Brötchen mit italienischem Salami, gegrillte Aubergine mit Frischkäse, Körbchen aus

Parmesan mit Zucchini-Creme, Mozzarella-Tomaten-Spieße, pizzette aus Blätterteig, grissini mit Parmaschinken, panierte Oliven und noch vieles mehr.

Ich überreichte Gino ein Päckchen mit unserer Visitenkarte.

„Wenn du noch mehr Werbung für uns machen willst…“, sagte ich ihm.

„I tuoi affari sono in un periodo buio?[50]Frag mich nach Sonnenschein!”, las Gino laut vor, nickte und lachte dabei.

„Darf ich auch eine haben?“, hörte ich eine Stimme hinter mir.

Ich drehte mich um und sah in Alex' Gesicht.

Sein Lächeln war wie ein Lichtstreifen am Horizont.

ENDE

Besuchen Sie mich auf Facebook! Ich freue mich auf Ihre Meinung zu „Frag mich nach Sonnenschein“ und Ihre Wünsche und Anregungen für die Fortsetzung von Lauras Abenteuern.

---

[50] Finstere Zeiten für Deine Geschäfte? Frag mich nach Sonnenschein!

http://www.facebook.com/pages/Dori-Mellina/289717077809570?ref=ts&fref=ts

Wichtig: Die dargelegten Ansichten über Fakten, Personen und Völker spiegeln zum großen Teil meine persönliche Meinung wider und erheben keinen Anspruch auf Allgemeingültigkeit und Vollständigkeit. Mit diesem Roman möchte ich einen Beitrag zum besseren Verständnis zwischen der deutschen und der italienischen Kultur leisten. Kulturen, die sich aus meiner Sicht wundervoll ergänzen.

Danksagungen

Meiner Freundin und Lektorin Eliane schulde ich unter anderem den ersten Platz bei den Danksagungen. Ohne Dich, Eli, hätte ich den Mut nie aufgebracht, „Frag mich nach Sonnenschein“ zu schreiben. Wir gehen demnächst zusammen zu „Gino“ und Du bist selbstverständlich mein Gast.
Meinem pseudo-Ehemann Rei möchte ich für die Aufmunterung und für die übertriebenen Lacher beim Lesen meines Buchs ganz herzlich danken.
Meinem kleinen deutsch-italienischen Sonnenschein danke ich für die Geduld und das Ausharren neben der wild tippenden und zwischendurch auflachenden Mami (und nein, Püppchen, ich bin nicht verrückt geworden!).
Nicht zuletzt möchte ich mich bei meiner italienischen Familie bedanken, unerschöpflicher Quelle unglaublicher Geschichten.

1983280R00086

Printed in Germany
by Amazon Distribution
GmbH, Leipzig